Carola Wimmer
Diebischer Advent

Dieser Weihnachtskrimi erzählt in 24 Folgen von einem Fall, der es in sich hat. Gleichzeitig verkürzt er als Adventskalender die Wartezeit bis Weihnachten. Jeden Tag vom 1. bis zum 24. Dezember kannst du die Seiten eines neuen Kapitels öffnen. Mit einem Lineal oder Brieföffner funktioniert das besonders gut. Viel Spaß dabei!

cbj

DIE AUTORIN

Carola Wimmer, 1970 in Berlin geboren, begann ihre Autorinnen-Karriere als Verfasserin von Kinder-Hörspielen für den ORB. Nebenbei schrieb sie Texte und Konzepte für etliche Multimedia-Agenturen und war in der Presse- und Öffentlichkeitsarbeit tätig. Bis zu ihrem Entschluss, sich ganz auf ihre Arbeit als Kinderbuchautorin zu konzentrieren, war sie Redakteurin eines Internetportals für Kinder und Jugendliche. Carola Wimmer lebt und arbeitet heute in Berlin.

Weitere Titel bei cbj unter anderem

Der verschwundene Weihnachtsengel (22482)

Carola Wimmer

Diebischer Advent

Ein Weihnachtskrimi in 24 Kapiteln

Mit Illustrationen
von Josef Hammen

cbj

cbj

Kinder- und Jugendbuchverlag
in der Verlagsgruppe Random House

MIX
Papier aus verantwortungsvollen Quellen
FSC
www.fsc.org
FSC® C110508

Verlagsgruppe Random House FSC® N001967
Das für dieses Buch verwendete
FSC®-zertifizierte Papier *Pamo House*
liefert Arctic Paper Mochenwangen GmbH.

2. Auflage
Erstmals als cbj Taschenbuch November 2015

Umschlag- und Innenillustrationen: Josef Hammen
Umschlaggestaltung: Basic-Book-Design, Karl Müller-Bussdorf
CK · Herstellung: cb
Satz: Uhl + Massopust, Aalen
Druck: Westermann-Druck, Zwickau
ISBN 978-3-570-22577-6
Printed in Germany

www.cbj-verlag.de

1.
Dezember

Als Johnny aus der Schule kommt und ihm seine Mama die Tür öffnet, erkennt er an ihrem Gesichtsausdruck sofort, dass sie irgendetwas Blödes von ihm will.

Und tatsächlich: »Johnny, ich würden gerne mal mit dir reden«, sagt sie und schiebt seinen jüngeren Bruder Paulchen aus dem Wohnzimmer. Mit bösen Vorahnungen nimmt Johnny auf dem Sofa Platz.

»Du erinnerst dich doch an Tante Evi«, eröffnet sein Papa das Gespräch. »Sie ist ja vor einigen Jahren in die Schweiz gezogen. Gestern hat sie sich den Knöchel gebrochen und liegt nun im Krankenhaus.«

»Oh, ist es denn schlimm?«, ruft Johnny ein bisschen erschrocken, auch wenn er sich kaum noch an diese Tante erinnern kann.

Mama und Papa nicken bekümmert. »Na ja, sie wird schon eine Weile im Krankenhaus bleiben müssen. Und vor allem ist jetzt deine Cousine Aurelia mutterseelenallein! Und da dachten wir, wir nehmen sie einfach für die Zeit zu uns«, fährt Papa fort.

Aurelia! Johnny verzieht das Gesicht. Er hat seine gleichaltrige Cousine zwar lange nicht gesehen, sie aber trotzdem noch gut in Erinnerung. Und zwar als pingeliges Prinzesschen, das immer ein Buch vor der Nase hat und garantiert alles besser weiß.

Mama entgeht Johnnys fehlende Begeisterung nicht. Lächelnd fährt sie fort: »Das wäre doch schön, wenn du deine Cousine nach so langer Zeit mal wiedersiehst und ihr euch etwas besser kennenlernt. Allerdings haben wir eine große Bitte an dich: Würdest du solange wieder bei Paulchen einziehen?«

»Ich soll was?« Entsetzt schaut Johnny mit kugelrunden Augen in die Runde. Das wird ja immer schlimmer!

In diesem Moment klopft Paulchen an die Wohnzimmertür. »Darf ich rein?«, ruft er ungeduldig.

»Gleich, mein Schatz!«, ruft Mama und wendet sich wieder Johnny zu. »Es ist ja nur bis Weihnachten«, flötet sie.

Johnny weiß nicht, was er sagen soll, und fühlt sich ziemlich überrumpelt.

»Denk doch nur mal an Maria und Joseph und das Jesuskind. Was wäre passiert, wenn sie nirgendwo untergekommen wären?«, hakt Papa nach.

»Was hat denn Aurelia mit dem Jesuskind zu tun?«, empört sich Johnny und schüttelt erst einmal energisch den Kopf.

Die Aussicht, sich in den nächsten Wochen mit seinem kleinen Bruder ein Zimmer zu teilen, behagt ihm überhaupt nicht. Sonst teilt er ja gerne, Süßigkeiten und so, klar, aber dass es gleich sein Zimmer sein muss.

»Aber wir können nicht in einem Zimmer wohnen. Paulchen geht doch viel früher schlafen! Und er steht viel später auf«, versucht Johnny seinen Eltern die Idee auszureden.

»Das geht schon irgendwie«, erklärt Papa optimistisch.

»Und zum Lernen bekommst du das Wohnzimmer am Nachmittag ganz für dich«, schiebt Mama noch rasch hinterher. »Da hast du absolut deine Ruhe!«

»Kann ich rei-hei-nnn?«, brüllt Paulchen durch die Tür.

Johnny gibt seufzend auf. Er ahnt, dass ihm nichts anderes übrig bleibt als zuzustimmen. Schließlich will er seinen Eltern keinen Ärger machen. Sie haben schon Stress genug. Schließlich arbeiten sie seit Wochen unermüdlich, um Mamas Traum vom eigenen kleinen Ladengeschäft zu erfüllen.

Mama ist nämlich eine leidenschaftliche Bonbonmacherin. Ihr Zitronenlutschlakritz ist auf dem Wochenmarkt schon lange der absolute Verkaufsschlager. Nun hat Mama endlich einen Laden gemietet, den sie mit Papa liebevoll renoviert, obwohl Papa auch jeden Tag zur Arbeit ins Büro muss. In drei Tagen soll das »Naschkätzchen« eröffnet werden.

Während Johnny noch überlegt, was er sagen soll, hat Paulchen das Wohnzimmer geentert und stürzt direkt auf ihn zu.

»Schläfst du heute in meinem Zimmer?«, will er wissen.

Johnny seufzt. »Ja. Und wohl auch die nächsten dreiundzwanzig Nächte.«

Paulchen stößt einen Freudenschrei aus und führt einen Indianertanz auf. Mama und Papa atmen erleichtert auf.

»Dann holen wir gleich die Gästematratze vom Dachboden«, sagt Mama, während sie Johnny durchs Haar wuschelt.

»Und das Indianerzelt«, fügt Papa hinzu. »Das bauen wir im Zimmer auf, dann kannst du abends noch ungestört lesen.«

Hey, das klingt eigentlich gar nicht so übel, denkt Johnny und muss bei dem Gedanken an das Zelt lächeln.

Gemeinsam mit Mama und Papa steigt er auf den Dachboden. Dort werden alle Dinge untergebracht, die die Familie im Moment nicht braucht. Zum Beispiel der große Karton mit dem Weihnachtsschmuck, der erst am 24. Dezember heruntergetragen wird. Auch die Gästematratze und Johnnys Babywiege stehen mit einer Plane bedeckt unter der Dachschräge. Daneben verstaubt ein Fahrrad mit plattem Hinterreifen. Irgendwo hier muss auch das Zelt sein.

Während Mama und Papa den Dachboden absuchen, zieht Johnny einen Karton, der von einer dicken Staubschicht bedeckt ist, näher ins Licht. Als er den Deckel hebt, entdeckt er eine Videokamera darin. Sie ist ganz altmodisch und klotzig. Trotzdem ist Johnny sofort fasziniert. Doch ihm bleibt keine Zeit, sie genauer unter die Lupe zu nehmen. Denn im nächsten Moment ruft Papa »Gefunden!« und stemmt das zusammengefaltete Indianerzelt wie eine Trophäe mit beiden Armen in die Höhe.

Gemeinsam schleppen sie die Matratze und das Zelt hinunter. Dann baut Johnny mit seinem Papa das Zelt auf. Das

Grundgerüst besteht aus drei langen Stangen, die oben mit einem Seil zusammengebunden werden. Anschließend wird der Stoff für das Tippi darübergezogen.

Aber irgendwie passt die Matratze nicht ganz in das Zelt. Sosehr sie sich auch bemühen: Ein Stück ragt immer aus dem Eingang hinaus! »Dann müssen deine Füße eben draußen schlafen!«, lacht Papa. Auch Johnny muss grinsen.

Nach dem Abendbrot geht Johnny in sein Zimmer und sucht alle Dinge zusammen, die er in nächster Zeit dringend brauchen wird. Seine liebsten Kleidungsstücke räumt er in Paulchens Schrank.

Dann ist es auch schon Zeit zum Schlafen. Da Aurelia erst spät ankommen soll, geht Johnny ohne auf sie zu warten ins Bett. Doch kurz vor Mitternacht wacht er noch einmal auf.

Er hört, wie draußen die Tür klappt und das Familienauto gestartet wird. Papa fährt Aurelia vom Bahnhof abholen.

Keine halbe Stunde später blitzt das Licht der Scheinwerfer in der Auffahrt auf und erlischt wieder. Papa ist zurück. Johnny geht zum Fenster. Im schwachen Mondlicht sieht er seinen Papa, wie er einem Mädchen aus dem Auto hilft, seinen Koffer und einen Geigenkasten nimmt. Die Kleine reckt sich und gähnt, während sie geziert den Handrücken vor den Mund hält. Dann geht sie hinüber zur Eingangstür.

Johnnys Vater beugt sich noch einmal in den Wagen, um weitere Taschen und Täschchen zu holen. Da springt etwas vom Rücksitz und läuft schwanzwedelnd durch die Auffahrt. Ein Hund! Neugierig beschnuppert er die Büsche am Haus. Johnny freut sich. Hunde findet er toll. Vielleicht wird alles doch nicht so schlimm, wie ich gedacht habe, überlegt er hoffnungsvoll. Dann kriecht er zurück in sein Zelt und schläft ein.

Wird diese Aurelia wohl lange bleiben?

2. Dezember

Am nächsten Morgen wacht Johnny spät auf. Doch weil er nicht wirklich neugierig auf Aurelia ist, dreht er sich in seinem Indianerzelt noch einmal gemütlich auf die andere Seite. Schließlich ist es Samstagmorgen!

Doch kaum hat er sich noch einmal richtig eingekuschelt, hört er seinen Bruder ins Zimmer trappeln. Als er kurz darauf wieder das Zimmer verlässt, lässt er die Tür offen.

Aus dem nahen Badezimmer ist nun das dröhnende Getöse des Föns zu hören. Dann dringt Geklapper aus der Küche an sein Ohr und lässt ihn entnervt die Augen öffnen.

Im nächsten Moment erscheint auch wieder Paulchen, so geräuschvoll wie eine Elefantenherde, und krabbelt zu ihm ins Zelt. Halb auf ihm liegend, verkündet er aufgeregt: »Weißt du schon? Aurelia hat einen Hund mitgebracht!«

»Ist bekannt«, grummelt Johnny. Dann schüttelte er Paulchen ab, um aufzustehen. Paulchen folgt ihm.

Als er in die Küche kommt, sitzt seine Cousine bereits am gedeckten Frühstückstisch. Sie ist definitiv größer und hübscher geworden, stellt Johnny überrascht fest. Aber ihr Kleid lässt ihn schaudern: Es ist auffällig rosa und hat an den Ärmeln weißen Spitzenstoff appliziert. Im Haar trägt Aurelia einen Reif mit Glitzersteinen.

Überhaupt macht sie den Eindruck, als habe sie sich heute schon ausführlich gebürstet und geschrubbt. Haut und Haare glänzen makellos. Außerdem duftet sie nach einem blumigen Parfum.

»Guten Morgen, Johnny«, ruft Mama gut gelaunt und wendet sich an Aurelia. »Du erinnerst dich doch bestimmt an deinen Cousin, nicht wahr?«

Aurelia sieht Johnny an und legt nachdenklich die Stirn in Falten. »Nur dunkel«, antwortet sie schließlich und schenkt Johnny ein knappes Lächeln.

Johnny stöhnt innerlich. Genau so hat er seine Cousine in Erinnerung! Immer so ein bisschen, als wäre sie schon erwachsen und er ein kleiner Bubi!

»Auch schön, *dich* wiederzusehen«, bemerkt er trocken und setzt sich an den Tisch.

Auch Paulchen nimmt Platz und kuschelt sich eng an Aurelia. »Wie heißt denn dein Hund?«, will er wissen.

»Philipp Preimrous, das ist Englisch und schreibt sich Prime-rose«, erklärt Aurelia, als wäre sie die Queen persönlich. »Er ist ein Beagle, das ist eine ganz berühmte Hunderasse. Ein richtiger Jagdhund! Schlau und schnell. Ich nenn ihn aber immer Fipsi,« fügt sie dann noch hinzu.

Mama setzt sich mit ihrem Kaffee zu den Kindern an den Tisch.

»Erzähl doch mal. Wie geht es denn deiner Mama?«, fragt sie. »Ist der Knöchel bis Weihnachten wieder heil?«

»Statistisch gesehen heilt ein Knöchelbruch in 22,3 Tagen, habe ich gelesen«, sagt Aurelia.

Also die ganze Adventszeit, denkt Johnny und freut sich schon auf die Zeit danach. Doch zu seinem Schrecken hört er, wie seine Mama sagt: »Auch wenn es länger dauert, mach dir bitte keine Sorgen. Du kannst selbstverständlich so lange bleiben, wie du willst.«

»Aber wir fahren doch nach Weihnachten in Urlaub!«, wirft Johnny ein. Der ist schon lange geplant und soll für alle nach der anstrengenden Weihnachtszeit mit dem neuen Geschäft eine besondere Belohnung werden. Johnny freut sich schon seit Wochen darauf.

»Ach, da kommt Aurelia notfalls einfach mit!«, erklärt Mama.

Johnny verschluckt sich beinahe an seinem Brötchen. Das darf doch nicht wahr sein!

Doch bevor er etwas sagen kann, erscheint nun auch Papa in der Küche. Er kommt direkt von draußen und hat noch seinen Regenmantel an. Auf dem Arm trägt er Fipsi.

»Wo wart ihr denn so lange?«, will Mama wissen.

»Wir waren Gassi«, sagt Papa lachend. »Aber dann ist Fipsi irgendwie müde geworden.«

»Oh, das ist ja ein toller Jagdhund!«, ruft Johnny und wirft Aurelia einen Seitenblick zu. Aber sein Hauptaugenmerk gilt jetzt natürlich Fipsi. Der kleine Hund ist schwarz-weiß-braun gefleckt und hat herzallerliebste Schlappohren. Zutraulich schaut er Johnny mit seinen Knopfaugen an.

»Der ist so süß«, ruft Paulchen und springt begeistert von seinem Stuhl, um Fipsi zu streicheln.

Während Papa sich an der Spüle die Hände wäscht, erzählt er, was er unterwegs erfahren hat: »Wisst ihr, wen ich getroffen habe? Ihr kennt doch noch den alten Herrn Brehm?«

»Den vom Teeladen?«, fragt Mama.

»Genau«, sagt Papa. »Bei ihm ist eingebrochen worden! Die ganzen Einnahmen wurden gestohlen!«

Johnny horcht auf.

»Wie gemein!«, ruft Paulchen. »Kann bei uns auch jemand klauen kommen?«

»Nein«, beruhigt Papa ihn. »Wir haben ja in unserem Geschäft eine Alarmanlage einbauen lassen! Da kann niemand einbrechen, sonst geht der Alarm los!«

Doch Paulchen scheint dies nicht besonders zu beruhigen. Mit ängstlichem Blick schaut er in die Runde.

»Außerdem haben wir ja jetzt auch noch einen Wachhund«, fügt Mama deshalb hinzu.

Johnny kann nicht anders. Er prustet laut los und handelt sich damit einen tadelnden Blick von Aurelia ein.

Aber die Nachricht vom Einbruch in den Teeladen beschäftigt ihn noch, als das Frühstück längst vorbei ist und seine Eltern ins Naschkätzchen gefahren sind.

Johnny erinnert sich an Herrn Brehm als netten älteren Herrn mit grauem Schnauzbart. Er war mit seiner Mama schon oft bei ihm einkaufen. Vor allem der Geruch der tausend Teesorten, die prachtvollen Porzellankannen und kunstvoll bemalten Tassen faszinieren ihn jedes Mal. Und jetzt ist der arme Herr Brehm beklaut worden!

Nachdem Johnny geduscht hat, macht er es sich im Wohnzimmer gemütlich, wo auch Fipsi seine Ruhe sucht. Der Hund liegt auf dem Rücken, die Beine von sich gestreckt, und schnarcht. Johnny streichelt ihm vorsichtig über das Fell. Doch im nächsten Moment ertönt Geigenspiel.

Das Gefiedel kommt aus seinem Zimmer und stammt ganz offensichtlich von Aurelia.

Genervt zieht Johnny Schuhe und Wintermantel an und stapft aus dem Haus. Seine Laune bessert sich zum Glück sofort, denn draußen ist ein strahlend blauer Wintertag. Außerdem hat Johnny eine Idee. Er will zu Herrn Brehms Teeladen gehen und sich die Einbruchsspuren ansehen. Wer weiß, vielleicht findet er ja etwas, das die Polizei übersehen hat?

Als Johnny den Teeladen nach längerem Fußmarsch erreicht, fühlt er sich irgendwie beklommen. Denn das Geschäft macht einen ziemlichen traurigen Eindruck. Die Ladentür wurde gewaltsam aufgebrochen und hängt nun schief in den Angeln. Alles ist mit Polizeiband beklebt. Das gibt es doch nicht! Wie konnte der Einbrecher hier mitten in der Stadt nur unbemerkt bleiben?, überlegt er. Und hat Herr Brehm wirklich keine Alarmanlage?

Wie kann Johnny mehr über den Einbruch herausfinden?

3. Dezember

Gleich nach dem Aufwachen springt Johnny aus den Federn. Denn er hat seinen Eltern versprochen, ihnen bei den letzten Vorbereitungen für die Eröffnung zu helfen. Er will in der Stadt Handzettel verteilen. So sollen die Leute von der Eröffnung erfahren. Außerdem ist er so aus dem Haus und kann seiner Cousine weiträumig aus dem Weg gehen.

Vielleicht lässt sich ja mit dieser Strategie die Zeit bis Weihnachten irgendwie rumbringen, ohne dass er allzu viel mit ihrem rosa Rüschenkram in Berührung kommt.

Als Johnny in seinem Schlafanzug in die Küche schlurft, sitzen dort allerdings nicht nur Mama und Papa, sondern natürlich auch die gebügelt und geföhnte Aurelia. Ihr Haar hat sie mit einem rosa Band zu einem Zopf gebunden. Johnny verzieht das Gesicht, als ihm der Duft von Aurelias Blümchenparfum auf nüchternen Magen in die Nase steigt.

»Du, Johnny, weißt du was? Aurelia will dir heute beim Zettelverteilen helfen«, strahlt Mama. »Ist das nicht nett?«

Johnny vergisst vor Schreck, sich zu setzen. Mit großen Augen starrt er seine Cousine an.

»So lerne ich gleich die Stadt kennen«, erklärt Aurelia und bestreicht mit zierlichen Bewegungen ihren Marmeladentoast.

»Und vergiss nicht, ihr auf dem Weg auch die Schule zu zeigen«, bemerkt Papa.

»Warum das denn?«, fragt Johnny alarmiert.

»Wir haben mit deinem Direktor gesprochen. Und stell dir vor: Aurelia darf in deine Klasse gehen!«, verkündet Mama strahlend.

»Das ist nicht wahr!«, krächzt Johnny.

»Da freust du dich, nicht?«, strahlt Mama.

Ermattet lässt sich Johnny auf einen Stuhl sinken. So hatte er sich das aber nicht vorgestellt. Jetzt rückt ihm Aurelia auch noch in der Schule auf die Pelle!

Während Johnny trostlos in seinem Müsli stochert, holt Mama die Handzettel, die sie gemacht hat. »Wir laden Sie herzlich zur Eröffnung unseres Naschkätzchens ein!«, steht darauf, sowie die Adresse und die Uhrzeit der Eröffnung. Auf jeden Zettel hat sie einen kleinen Bonbon geklebt.

»So können sich die Leute schon mal davon überzeugen, dass es sich zu kommen lohnt«, erklärt sie.

»Tolle Idee«, findet Aurelia und springt ungeduldig auf. Es ist offensichtlich, dass sie am liebsten gleich loslegen möchte.

Seufzend beendet Johnny sein Frühstück und zieht sich an. Sein einziger Trost ist Fipsi, den Aurelia an die Leine legt, um ihn mit in die Stadt zunehmen. Doch der kleine Hund hat offenbar keine große Lust auf einen Spaziergang. Nur widerwillig trottet er hinter den Kindern her.

Johnny wundert das nicht. Denn die Sonne ist hinter dicken Wolken verborgen und es nieselt – passt irgendwie zu seiner Stimmung. Die Straßen sind wie ausgestorben. Dafür redet Aurelia pausenlos.

»Ich habe extra alle meine Schulbücher mitgenommen«, erzählt sie. »Und noch ein paar mehr für alle Fälle. Ich hoffe, der Unterricht bei euch ist nicht so pipi-einfach, sonst langweil ich mich ja nur. Wir sind nämlich schon besonders weit und haben auch bei Pisa so super abgeschnitten und …« So plappert sie unablässig weiter, als müssten Mädchen niemals Luft holen.

Johnny hört kaum noch richtig hin. Auch nicht, als sie beginnt, ihre fünfundzwanzig Lieblingsbücher aufzuzählen. In alphabetischer Reihenfolge natürlich.

Mit zusammengekniffenen Lippen führt Johnny Aurelia zum Rathausplatz, wo sich das Rathaus, die Post, viele kleine Geschäfte und ein großes Kaufhaus befinden. Von hier führt die »Kurparkpromenade« zum Park. In dieser breiten Straße befindet sich auch das Naschkätzchen.

Auf dem Rathausplatz wird gerade der Weihnachtsmarkt aufgebaut. Doch im Augenblick sind nur wenige Besucher dort. Johnny und Aurelia drücken jedem, der über den Platz läuft, einen Zettel in die Hand.

»Besonders viel los ist hier ja nicht, oder? Also da, wo ich wohne…«, blubbert Aurelia schon wieder los. Doch Johnny unterbricht sie einfach.

»Weißt du was? Wir könnten doch viel mehr Zettel verteilen, wenn wir uns trennen!«, schlägt er vor. »Ich gehe zum Kurpark und du zum Einkausfszentrum mit der Bowlingbahn.«

Aurelia starrt Johnny an.

»Und wo ist das, bitte?«, fragt sie.

Johnny deutet mit seinem Finger in eine unbestimmte Ferne. »Du musst nur da in diese Richtung. Ungefähr.«

Aurelia kann das Einkaufszentrum aber nicht entdecken. Das ist auch kein Wunder, denn es liegt am Stadtrand. Nur dort war für den Neubau noch Platz.

Wütend verdreht Aurelia die Augen. Dann wühlt sie in ihrer Tasche und zieht ein goldfarbenes Handy mit Glitzersteinchen hervor, auf dessen Bildschirm sie mit flinken Fingern herumtippt.

»Ich schau lieber auf den Stadtplan«, sagt sie und zieht erhobenen Hauptes mit Fipsi von dannen.

Jetzt tut es Johnny fast leid, dass er Aurelia gekränkt hat. Aber länger hätte er es nicht mit ihr ausgehalten. Dass er sie loswerden wollte, hat jedoch noch einen anderen Grund. Denn Johnny hat sich vorgenommen, noch einmal zum Teeladen zu gehen, in der Hoffnung, dort vielleicht Herrn Brehm zu treffen. Er will unbedingt mit ihm persönlich sprechen, um mehr über den Einbruch zu erfahren!

Doch leider scheint Herr Brehm außer Haus zu sein, denn er reagiert nicht auf Johnnys Klopfen. Die Tür ist zwar mittlerweile repariert, aber alle Lichter im Laden sind aus. Johnny will gerade enttäuscht nach Hause gehen, als sich doch noch die Tür öffnet und Herr Brehm seinen Kopf herausstreckt.

»Was möchtest du denn, mein Junge?«, fragt er.

»Ich bin der Johnny Webermann«, sagt Johnny. »Meine Eltern eröffnen morgen das Naschkätzchen!«

»Ah, die Webermanns! Ja, ich weiß! Bestelle ihnen bitte einen lieben Gruß«, sagt Herr Brehm freundlich.

»Ich wollte sie wegen des Einbruchs fragen«, kommt Johnny unumwunden zum Thema. »Gibt es denn schon eine heiße Spur?«

Herr Brehm schüttelt traurig den Kopf. »Nein, leider nicht. Keine Fingerabdrücke, keine Spuren. Und irgendwie haben sie die Alarmanlage ausgetrickst.«

Johnny horcht auf. »Kann man denn trotz Alarmanlage einbrechen?«

»Aber sicher«, sagt Herr Brehm. »Das waren Profis!«

»Und was wurde gestohlen?«, will Johnny wissen.

»Hm, eigentlich nicht viel. Ich hatte ja kaum Bargeld in der Kasse. Und alles andere haben sie nicht angerührt. Wobei – warte! Die Einbrecher haben etwas von dem Teegebäck genascht. Sie haben meine Kekse angeknabbert!«

»Das ist ja ein Ding«, wundert sich Johnny.

»Ja, du sagst es«, seufzt Herr Brehm. Dann verabschiedet er sich freundlich und schließt wieder die Tür.

So eine Alarmanlage ist wohl doch kein hundertprozentiger Schutz, überlegt Johnny. Das muss er unbedingt seinen Eltern erzählen!

Könnte ein solcher Einbruch auch im Naschkätzchen passieren?

4. Dezember

Am Frühstückstisch erzählt Johnny von seiner Begegnung mit Herrn Brehm. Doch Johnnys Mama schüttelt nur lächelnd den Kopf.

»Da hat der alte Brehm bestimmt vergessen, die Alarmanlage einzuschalten«, meint sie. »Und wir haben das allerneueste Modell, das ist absolut sicher.«

Johnny glaubt das eigentlich nicht. Aber er hat jetzt keine Zeit zum Diskutieren, es ist Zeit für die Schule. Mit Aurelia zusammen macht er sich auf den Weg.

Seine Cousine trägt heute einen gepunkteten rosa Mantel. In ihrem Haar leuchtet eine weiße Kunstblume.

Allerdings hat sie seit gestern Abend mit Johnny kein Wort mehr gewechselt. Offensichtlich ist sie sauer.

Doch Aurelias Schweigsamkeit macht Johnny nichts aus. Im Gegenteil. Es wäre ihm nämlich sehr lieb, wenn niemand denken würde, dass Aurelia und er zusammengehören. Johnny hat scheußliche Angst, dass ihn Aurelia blamieren wird.

Und tatsächlich sorgt die neue Schülerin für Überraschung. Aber anders, als Johnny erwartet hat.

Gleich in der ersten Stunde sucht Johnnys immer schlecht gelaunter Mathelehrer, Herr Dinglinger, einen »Freiwilligen«, der an der Tafel eine Rechenaufgabe lösen soll. Augenblicklich herrscht Grabesstille im Raum. Johnny mustert intensiv seine Schnürsenkel. Da meldet sich ausgerechnet Aurelia, die natürlich neben ihm ihren Platz eingenommen hatte, kaum dass sie im Klassenzimmer ankamen.

Ohne jede Aufregung tritt sie vor und schreibt flott die richtige Lösung an die Tafel. Im Gesicht des Mathelehrers zeigt sich zum ersten Mal eine Art Lächeln, es wirkt, als sei er schon lange aus der Übung mit lächeln. Johnnys Mitschüler, die Aurelia bisher nur vorsichtig beäugt haben, glotzen nun mit unverhohlener Neugier.

»Mathe ist doch babyleicht«, sagt Aurelia später in der Pause, als die Mädchen der Klasse sie umringen.

Aber nicht nur Mathe ist babyleicht. In Erdkunde zählt Aurelia alle Flüsse Südamerikas auf, und in Bio weiß sie, dass der Pterodactylus ein Kurzschwanzflugsaurier war. Aber das Merkwürdigste ist: Niemand kommt auf die Idee, Aurelia als Streberin zu beschimpfen. Alle finden sie nett. Johnny versteht die Welt nicht mehr.

Als dann auch noch der lange Leo in der großen Pause fragt, ob Aurelia auch beim Eröffnungsfest des Naschkätzchens ist und er vielleicht mitkommen dürfe, reagiert Johnny schließlich genervt. »Da kann heute Nachmittag jeder hin«, blafft er Leo an.

Endlich ist die letzte Unterrichtsstunde gekommen. Deutsch bei Frau Blischke.

»Kinder, bis Weihnachten machen wir keinen normalen Unterricht«, erklärt sie. »Ich möchte nämlich, dass ihr alle am Wuppenhauser-Weihnachtsprojekt teilnehmt. Aufgerufen sind alle Einwohner von null bis neunundneunzig Jahren.«

Johnny atmet auf. Endlich mal ein Thema, bei dem Aurelia weder mitreden noch mitmachen kann!

Noch besser aber: Johnny muss überhaupt nicht nachdenken. Er weiß sofort, was er machen möchte. Während seine Klassenkameraden beginnen, in kleinen Gruppen Ideen zu diskutieren, hat Johnny schon eine genaue Vorstellung: Er will einen Film drehen!

Er möchte die Adventszeit mit all ihren Besonderheiten festhalten: den Weihnachtsmarkt, die Schaufenster, den Samstagnachmittag im Kaufhaus, die ganzen Vorbereitungen für das Fest. Alles, was er dazu braucht, liegt oben auf dem Dachboden! Und zwar die alte Kamera! Gleich heute Nachmittag wird er seine Eltern fragen, ob er sie benutzen darf!

Zu Johnnys Freude haben seine Eltern überhaupt nichts dagegen. Im Gegenteil. Zum Üben soll Johnny gleich die Eröffnung des Nachkätzchens filmen.

Punkt fünfzehn Uhr fährt die Familie zu dem kleinen Geschäft. Mama schließt feierlich die Tür auf. Johnny ist vom Ergebnis der Renovierungsarbeiten beeindruckt. Zwar ist an manchen Stellen die Farbe noch feucht und im Hof stapeln sich die Pinsel und Farbroller. Aber insgesamt ist alles fertig geworden. Besonders die Wände gefallen ihm. Seine Eltern haben sie wie eine große Zuckerstange rotweiß gestreift bemalt. Überall stehen deckenhohe Regale mit Gläsern, in denen Bonbons in allen Regenbogenfarben glitzern.

Dann ist es so weit: Ein älteres Ehepaar betritt zögernd den Laden. Gleich darauf kommt Leo hereingeschlurft und nur wenig später wird das Naschkätzchen regelrecht gestürmt. Die halbe Stadt will die Bonbons von Johnnys Mama probieren und zur Eröffnung des Geschäftes alles Gute wünschen. Mama und Papa strahlen wie Honigkuchenpferde.

Johnny gibt sich alle Mühe, das Fest aus allen Ecken und Winkeln perfekt aufzuzeichnen, und bahnt sich tapfer seinen Weg durch das Gedränge.

Aurelia hat ihre Geige mitgebracht und baut in einer Ecke ihren Notenständer auf. Als sie zu spielen beginnt, bilden alle Gäste sogleich einen Halbkreis und hören ihr begeistert zu. Als Aurelia fertig gespielt hat, legt Papa Musik auf. Er hat seine Anlage von zu Hause mitgebracht und spielt nun den DJ für alle, die gerne tanzen möchten. Die Gäste, Mama, Papa und die Kinder haben einen Riesenspaß. Die Eröffnung des Ladens ist ein voller Erfolg.

Ganz besonders toll ist aber, dass den Gästen die Bonbons und Leckereien so gut schmecken, dass sie den halben Laden leer kaufen. Sie tragen die Bonbons tütenweise nach Hause. Darüber freut sich besonders Mama. Denn vor der Eröffnung war ihr sehr bange, ob sich der Laden auch trägt. Für die Miete und Renovierung haben Johnnys Eltern ihr ganzes Geld ausgegeben!

Johnny würde gerne noch länger filmen, aber noch bevor die Party wirklich zu Ende ist, schicken Mama und Papa die Kinder mit dem Taxi nach Hause. Denn es ist schon spät. Aurelia kann ihre Augen kaum noch offen halten. Aber vor allem Paulchen muss dringend ins Bett. Er ist auf der Feier die ganze Zeit wild herumgehopst. Dazu hat er noch viel zu viele Bonbons gegessen. Jetzt ist ihm schlecht. Als Johnny ihn zu Hause zu Bett bringt, hat sein Gesicht eine leicht grünliche Farbe. Aber anstatt sofort zu schlafen, wälzt er sich unruhig hin und her. Johnny wartet geduldig auf seiner Bettkante, bis es ihm besser geht.

Tatsächlich bekommt Paulchens Gesicht bald wieder eine gesündere Farbe. Doch kurz bevor er endgültig einschläft, richtet er sich noch einmal auf und sieht Johnny mit großen Augen an. »Du, Johnny, ich hab ein ganz ulkiges Gefühl«, sagt er. »Als wenn etwas Blödes passiert.«

»Du hast nur zu viele Bonbons gegessen«, beruhigt ihn Johnny.

Paulchen nickt beruhigt, dann sinkt er aufs Kissen und ist im nächsten Augenblick eingeschlafen.

Erleichtert macht sich Johnny bereit fürs Bett. Doch als er in seinem Zelt liegt, überkommt auch ihn plötzlich eine seltsame Unruhe. Irgendwie hat ihn Paulchen mit seiner schlimmen Ahnung angesteckt. Erst als er hört, wie wenig später auch seine Eltern nach Hause kommen, schläft er ein.

Droht ein Unheil? Oder sind tatsächlich die Bonbons an Paulchens schlimmer Ahnung schuld?

5. Dezember

Am nächsten Morgen wird Johnny von der Türklingel aus dem Schlaf gerissen. Im Flur sind Stimmen zu hören, dann der leise Aufschrei seiner Mama. Im nächsten Moment kommt auch schon Paulchen zu Johnny ins Zelt gekrabbelt.

»Die Polizei ist da!«, flüstert er aufgeregt. »In unserem Naschkätzchen ist eingebrochen worden!«

Sofort ist Johnny hellwach und kriecht hastig aus dem Zelt. Er bekommt gerade noch mit, wie sein Vater im Schlafanzug und mit wirrem Haar den beiden Polizisten alles erzählt und sie dann verabschiedet. Mama steht im Morgenmantel in der Küchentür. Zwei Tränen rollen ihr über die Wange.

»Das gibt es doch nicht. Das kann doch nicht sein«, jammert sie. Papa schließt die Tür und ist ganz bleich.

»Wir müssen uns jetzt fertig machen und ins Naschkätzchen fahren, um den Schaden zu begutachten«, sagt er ruhig. »Schafft ihr es heute, euch allein fertig zu machen?«

»Ja klar«, versichert Johnny. »Ich setze Paulchen auf dem Weg zur Schule im Kindergarten ab, kein Problem.«

»Auf dich ist Verlass«, sagt Papa und streicht ihm übers Haar, während er ins Schlafzimmer eilt, um sich anzuziehen.

Auch Aurelia ist auf dem Flur erschienen und streichelt nun Mamas Hand, um sie zu trösten.

»Nehmt Fipsi mit«, sagt Paulchen. »Vielleicht findet er eine Spur!«

»Das glaube ich eher nicht«, sagt Mama und lächelt traurig. Dann verschwindet auch sie im Schlafzimmer. Nur wenige Minuten später brechen Johnnys Eltern eilig in die Stadt auf.

In der Schule kann sich Johnny kaum konzentrieren. Er fühlt sich, als säße er auf heißen Kohlen. So schnell wie möglich möchte er erfahren, was genau passiert ist. Auch Aurelia ist ungewöhnlich ruhig und beteiligt sich kaum am Unterricht.

In der Deutschstunde dürfen sich die Kinder wieder mit dem

Wuppenhauser Weihnachtsprojekt beschäftigen. Die Hälfte der Klasse wandert unter der Aufsicht von Frau Blischke in die Aula. Sie wollen ein Theaterstück einstudieren. Die andere Hälfte zieht sich in den Werkraum zurück. Nur Johnny, Aurelia und Leo bleiben im Klassenzimmer zurück.

Johnny beginnt sogleich, alles, was er in der nächsten Woche filmen will, in einer Liste zu notieren. Nur Leo sitzt fast eine halbe Stunde vor einem leeren Blatt Papier. Er hat sich vorgenommen, ein langes Lobgedicht über Weihnachten in Wuppenhausen zu verfassen. Doch er findet keinen guten Reim. Ab und an schielt er zu Aurelia hinüber, die in einem Mathematikbuch schmökert. Aus den Augenwinkeln kann Johnny aber sehen, dass auch sie nicht ganz bei der Sache ist. Immer wieder starrt sie für mehrere Minuten, ohne wirklich zu lesen, auf ein und dieselbe Seite.

Kurz vor Schulschluss fasst sich Leo ein Herz und spricht Aurelia an: »Auch wenn du hier nicht wohnst, könntest du doch eigentlich auch beim Wettbewerb mitmachen, oder?«, fragt er.

Ohne von ihrem Buch aufzublicken, fragt Aurelia zurück: »Was gibt es denn zu gewinnen?«

»Gar nichts«, antwortet Johnny an Leos Stelle.

»Stimmt nicht! Wohl gibt es was zu gewinnen«, widerspricht Leo. »Also der Gewinn … ja, ich sag dir, das ist der totale Hammer! Der Gewinner kommt in die Zeitung. Ganz groß!«

»Aber warum willst du denn da drin stehen?«, fragt Johnny.

»Na, stell dir das mal vor! ICH, Leo, bin dann voll bekannt. Das wäre so irre! Das habe ich mir schon immer gewünscht. Jeder würde mich kennen und wüsste, wer ich bin«, schwärmt Leo und setzt gerad zu einem Vortrag über die Freuden der Berühmtheit an, als die Klingel ertönt.

Johnny packt dankbar für diese Erlösung rasch seine Sachen zusammen und eilt los zur Kurparkpromenade. Zu seiner Überraschung schließt sich ihm Aurelia wie selbstverständlich an.

Als sie das Naschkätzchen erreichen, stockt Johnny für einen Augenblick der Atem. Denn die Vordertür hängt lose in den Angeln. Genau wie bei Herrn Brehm. Im Gegensatz zur äußeren Zerstörung ist im Inneren des Naschkätzchens aber alles heil geblieben, als wenn nichts geschehen wäre. Nur die Schublade am Verkaufstresen, in der das Geld aufbewahrt wurde, steht offen. Sie ist leer.

»Die Spurensicherung war den ganzen Vormittag da und ist gerade fertig geworden«, erklärt Papa. »Sie haben jede Menge Fingerabdrücke gefunden, aber das ist nach dem Ansturm gestern auch kein Wunder, hilft uns aber auch nicht weiter.«

»Was wurde denn geklaut?«, will Johnny wissen.

Seine Mama seufzt. »Unser ganzes Geld.«

»Alles, was wir gestern verdient haben«, ergänzt Papa. »Die Bank war gestern Abend schon zu, sodass ich es in der Schublade gelassen habe.«

»Wir dachten, es wäre hier sicher. Wofür hat man denn schließlich eine Alarmanlage?«, fügt Mama hinzu.

»Das hat die Einbrecher beim alten Brehm ja auch nicht abgehalten«, sagt Johnny und senkt traurig den Kopf.

»Ja, da habe ich Herrn Brehm unrecht getan, als ich dachte, er hätte sie nur nicht eingeschaltet«, sagt Mama. »Offenbar ist doch eine professionelle Einbrecherbande unterwegs.«

Für einen Augenblick legt sich ein bedrücktes Schweigen über den Raum.

»Was ist denn das?«, fragt da plötzlich Aurelia und bückt sich nach zwei Bonbonpapieren, die unter einem Regal auf dem Boden liegen.

Mama tritt näher und betrachtet das Papier. »Zitronenlutschlakritz«, stellt sie fest.

»Die können nur von den Einbrechern stammen!«, sagt Papa aufgeregt. »Schließlich habe ich gestern Abend nach der Party noch gründlich durchgefegt!«

»So eine Unverschämtheit! Erst unser Geld klauen und dann auch noch unsere Bonbons!«, empört sich Mama. Ihre Augen blitzen zornig.

Papa räuspert sich. »Es ist vielleicht der falsche Zeitpunkt, das anzusprechen«, sagt er zögernd. »Aber ...«

»... Weihnachten wird dieses Jahr wohl etwas bescheidener ausfallen«, beendet Mama seinen Satz. »Jetzt, wo unser Geld futsch ist.«

»Ach, das macht doch nichts! Dann verzichten wir eben auf Geschenke und den ganzen Kram«, ruft Johnny sofort. Doch im selben Moment spürt er, wie sich ihm das Herz zusammenzieht.

»Nein, Weihnachten feiern wir wie immer«, erklärt Mama entschieden. »Aber die Reise müssen wir ausfallen lassen.«

Johnny nickt. Doch weil ihm die Tränen in die Augen treten, dreht er sich schnell um und geht ein paar Schritte vor die Tür. Aurelia folgt ihm.

»Mach dir keine Sorgen. Ich werde die Einbrecher fangen!«, verkündet sie selbstbewusst.

Johnny sieht Aurelia erst überrascht an. Dann zieht er die Stirn in Falten. »Wie willst du das denn anstellen? Das ist eine professionelle Bande!«, raunzt er sie an.

»Nein, das glaube ich nicht«, sagt Aurelia.

Wie kommt Aurelia darauf?

6.
Dezember

Obwohl heute Nikolaus ist und Johnnys Schuhe mit allerlei Leckereien gut gefüllt sind, hat er schlechte Laune. Der Ärger über die Einbrecher lässt ihn einfach nicht los!

Während des Frühstücks, auf dem Weg zur Schule und noch im Unterricht ist Johnny mit nichts anderem beschäftigt, als innerlich über die Ungerechtigkeit der Welt zu grübeln. Und Aurelia, die heute mit einer flauschigen Wollstrickjacke und ihrem Blümchenduft einen scheußlichen Niesreiz bei ihm auslöst, nervt gewaltig. Nicht nur, dass sie sich in seinem Zimmer und in seiner Schule breitgemacht hat! Jetzt bildet sie sich auch noch ein, sie könnte die Einbrecher fangen! Aurelia ist zwar schlau, aber so schlau auch wieder nicht, denkt Johnny empört.

Wobei … die Schlussfolgerung, die sie aus dem Bonbonpapier gezogen hat: dass nämlich eine Profibande wohl kaum während eines Einbruchs Bonbons klauen würde, war wirklich clever, muss Johnny sich eingestehen. Ein Profi würde seiner Naschsucht in einer solchen Situation sicherlich nicht nachgehen, da hat Aurelia völlig recht.

Aber trotzdem bleibt die allerwichtigste Frage, wie es den Einbrechern gelungen ist, trotz der Alarmanlagen unbemerkt ihre Einbrüche zu begehen!

In der Schule behandelt Johnny Aurelia heute, als wäre sie Luft. Den ganzen Vormittag redet er kein Wort mit ihr. Auch nach Schulschluss macht er um sie einen großen Bogen. Sein Weg führt ihn zum Rathausplatz. Da heute Nikolaus ist, wird dort zusätzlich eine kleine Bühne für Konzerte aufgebaut. Das muss Johnny für sein Projekt unbedingt filmen, genauso wie die festliche Straßenbeleuchtung, die heute bei Einbruch der Dunkelheit eingeschaltet wird und aus Lichterketten mit Hunderten von Glühbirnen besteht.

Als Johnny alle Bilder im Kasten hat, spaziert er hinüber ins Naschkätzchen. Seine Laune hat sich deutlich gebessert.

Besonders freut er sich aber über Fipsi, der ihm an der Tür entgegenläuft. Der kleine Hund trägt gegen die Kälte einen roten Pullover mit weißem Pelz und sieht ganz wie der Gehilfe des Weihnachtsmannes aus. Doch filmen lassen will sich Fipsi nicht. Als Johnny seine Kamera zückt, verzieht er sich in die hinterste Ecke.

»Dann eben nicht!«, lacht Johnny und geht durch in die kleine Küche zu Mama. Doch Johnnys Laune sinkt sofort wieder. Denn Mama ist nicht allein. Aurelia ist bei ihr. Beide sind in ein Gespräch vertieft.

»Gibt es irgendwelche Neuigkeiten zum Einbruch?«, fragt Johnny.

»Ja, stell dir vor, gibt es«, sagt Mama strahlend. »Ich sprach gerade mit Aurelia darüber. Die Nachbarin, Frau von Fürstenbrunn, hat den Einbrecher gehört!«

»Ach was, ehrlich?«, freut sich Johnny. Doch dann wundert er sich. »Warum hat sie dann nicht die Polizei gerufen?«, will er wissen.

»Auf die Idee ist sie nicht gekommen«, sagt Mama. »Sie lag schon im Bett und dachte, das Geräusch käme von woanders her.«

»So ein Mist«, ärgert sich Johnny.

»Es hat auch etwas Gutes«, sagt Mama. »Jetzt weiß die Polizei wenigstens, *wann* eingebrochen wurde. Nämlich gegen halb zehn Uhr nachts. Kurz nachdem die letzten Gäste nach Hause gegangen sind und wir den Laden abgeschlossen haben. Und die Alarmanlage eingeschaltet haben!«

Die Alarmanlage! Gut, dass Mama sie erwähnt. Jetzt ist der richtige Zeitpunkt für seine Frage gekommen, spürt Johnny. Gerade als er den Mund aufmachen will, kommt ihm jedoch Aurelia zuvor: »Wie funktioniert denn eigentlich eine Alarmanlage?«, will sie wissen.

»Das kann ich dir genau sagen«, erklärt Mama und führt Aurelia und Johnny in den Verkaufsraum. »Das ist nämlich so: Der Raum hier vorne ist mit einem Sensor ausgestattet, der auf Körperwärme reagiert. Wenn du durch den Raum läufst, dann geht sofort der Alarm los. Das ist eine ganz normale Standardanlage.«

Mit diesen Worten zeigt sie, welchen Teil des Raumes der Sensor überwacht. Johnny erkennt sofort, dass man sich am Sensor keinesfalls vorbeischleichen könnte.

»Und wie schaltet man die Alarmanlage ein und aus?«, fragt Aurelia.

»Gleich neben der Tür ist der Sicherungskasten, hier an der Seite ein bisschen versteckt«, erklärt Mama. »Da gibt man einen vierstelligen Code ein, um die Alarmanlage zu aktivieren.«

»Klingt ziemlich sicher«, findet Johnny. »Da muss man als Einbrecher ja erst mal wissen, wo der Sicherungskasten ist, oder?«

»Na, das ist ja nicht schwer rauszufinden«, bemerkt Aurelia nüchtern. »Man muss nur die Zeit haben, sich in Ruhe umzusehen. So wie zur Eröffnungsfeier.«

»Du meinst …«, fragt Johnny aufgeregt.

»Ich bin mir sicher, dass der Einbrecher auf der Feier war«, bestätigt Aurelia.

Johnny grinst über das ganze Gesicht. »Das trifft sich gut«, sagt er. Aurelia und Mama schauen ihn verständnislos an.

Johnny hält zur Erklärung seine Kamera in die Höhe. »Wisst ihr nämlich was? Ich habe alle Gäste auf Band!«

Nun versteht auch Mama. Sie strahlt. Doch dann wird sie nachdenklich. »Momentchen«, sagt sie schließlich. »Die halbe Stadt war bei der Feier. Wir können doch nicht jeden verdächtigen!«

»Aber wir können uns die Aufnahmen ansehen, um zu gucken, ob sich jemand verdächtig verhält«, erklärt Aurelia.

Johnny ist ganz Aurelias Meinung. Nur Mama guckt immer noch kritisch. »Nein, das bringt nichts«, winkt sie ab.

Davon lässt sich Johnny natürlich nicht aufhalten. Sofort eilt er mit seiner Kamera nach Hause. Aurelia wie immer im Schlepptau – langsam gewöhnt er sich dran.

Und vielleicht kann ihm Aurelia als Assistentin doch irgendwie nützlich sein, überlegt er. Außerdem sehen bekanntlich vier Augen mehr als zwei.

Als Aurelia ihm hilft, auf dem Dachboden nach den Verbindungskabeln für den Fernseher zu suchen, ist Johnny sogar ein bisschen froh über ihre Anwesenheit, vor allem aber als es darum geht, die Geräte richtig zusammenzustecken. Ohne Aurelia hätte er viel länger gebraucht.

Da jetzt alles funktioniert, spult Johnny die kleine Kassette im Inneren der Kamera zurück. Dann betrachten sie gebannt die Aufnahmen. Auf dem großen Bildschirm ist alles gut zu erkennen. Aurelia spielt Geige. Paulchen nascht Bonbons und tanzt. Aber Aurelia und Johnny achten vor allem auf alle Personen im Bildhintergrund. Immer und immer wieder schauen sie sich die Bilder an. Als Mama nach Hause kommt, wirft sie einen kurzen Blick auf Johnny und Aurelia, die mit müden Augen dicht vor dem Fernseher hocken.

»Kinder, macht aber irgendwann auch Schluss«, mahnt Mama. Doch dann stutzt sie. Rasch tritt sie einen Schritt näher.

»Das gibt es doch nicht«, stößt sie hervor und deutet auf einen schlacksigen Mann im Bildhintergrund. »Das ist doch Harry Erbs! Dass der auch da war …«

Wer ist bloß der geheimnisvolle Harry Erbs?

7. Dezember

Mama hatte sich gestern standhaft geweigert zu erzählen, was es mit diesem Harry Erbs auf sich hat. Als Johnny sich heute an den Frühstückstisch setzt, versucht Aurelia gerade noch einmal, Mama Informationen zu entlocken.

»Tante Corinna, bitte! Wer ist dieser Harry?«, bettelt sie.

Mama seufzt und gibt schließlich nach. »Na schön. Aber ich glaube nicht, dass er etwas mit dem Einbruch zu tun hat. Ich will nichts Schlechtes über fremde Leute sagen, hört ihr!«

»Mach es nicht so spannend!«, ruft Johnny.

»Harry Erbs ist ein stadtbekannter Hochstapler und Kleinganove«, erklärt Mama. »Erst hat er als Graf Ferdinand von und zu Hohenstein Häuser, die ihm gar nicht gehörten, verkauft. Als das aufflog, hat er auf dem Wochenmarkt ganz billige Schrotthandys für teures Geld unter die Leute gebracht.«

»Und jetzt hat er zum Einbrecher umgeschult«, schließt Aurelia messerscharf.

»Nein, Kinder! Harry Erbs ist inzwischen anständig geworden. Er hat einen Friseursalon, glaube ich, und verdient auf ehrliche Weise sein Geld«, sagt Mama.

Sowohl Johnny als auch Aurelia schauen Mama skeptisch an.

»Wer's glaubt!«, ruft Johnny und lacht. »Ich würde diesem Gauner gerne mal auf den Zahn fühlen!«

»Das lass schön bleiben«, sagt Mama ernst. »Ich wecke jetzt Paulchen und bring ihn in den Kindergarten. Und ihr macht euch auf den Weg zur Schule. Das Thema *Harry Erbs* ist hiermit nämlich erledigt.«

»Zu Befehl«, antwortet Johnny und kreuzt die Finger.

Aurelia, die das nicht sieht, schaut ihn überrascht an.

Auf dem Weg zur Schule spricht sie Johnny noch einmal auf das Thema an: »Also, wenn du jetzt aufgibst, ist das in Ordnung. Aber ich werde den Fall ganz klar weiterverfolgen.«

»Quatsch, ich bleib natürlich auch dran!«, empört sich Johnny. »Was denkst du denn?«

»Prima. Dann können wir ja weiter zusammenarbeiten«, schlägt Aurelia vor.

Johnny sieht seine Cousine sprachlos an. Weiter zusammenarbeiten? Als festes Team? Ja, okay, das hat gestern gut funktioniert… Aurelia wird ihn zwar ganz sicher in den Wahnsinn treiben mit ihren rosa Plüschpullovern, dem Glitzerhaarkram, und dem endlosen Geplapper! Aber dann denkt Johnny an den Einbruch, den Kummer seiner Eltern und ihre Reise, die nun ausfällt. Vielleicht sollte er den Versuch einfach wagen?

»Okay«, sagt er schließlich.

»Gut. Was wollen wir als Nächstes unternehmen?«, erkundigt sich Aurelia.

Johnny zuckt mit den Schultern. »Wenn wir wüssten, wo Harry Erbs wohnt, könnten wir ihn beschatten«, sagt er.

»Deine Mama sagte doch, er hätte einen Friseursalon«, überlegt Aurelia. »Vielleicht kann uns jemand sagen, wo der ist? Oder weißt du es?«

»Nee, keine Ahnung. Ich kenne hier in der Gegend nur drei Salons«, sagt Johnny. »Monis Frisierstube, den Cool-Cut-Salon und Haarrys Haarmonie«.

»Mensch, das ist es doch!«, freut sich Aurelia. »Haarry ist natürlich Harry Erbs!«

»Ja klar!« Jetzt muss auch Johnny lachen. »So ein blöder Name aber auch!«

Gleich nach der Schule machen sie sich gemeinsam auf den Weg zum Friseursalon. Unauffällig schlendern sie an dem Geschäft vorbei und werfen einen Blick in das Schaufenster. Es ist geschmückt mit vergilbten Plakaten. Da entdeckt Johnny ganz dicht am Fenster einen großen, dünnen Mann mit grauen Schläfen, der gelangweilt auf die Straße schaut.

Das ist unverkennbar Harry Erbs! Vor Schreck zuckt Johnny zusammen und zerrt Aurelia mit sich außer Sichtweite auf die andere Straßenseite.

»Hast du ihn gesehen?«, will Aurelia wissen.

»Ja, da ist er. Kein Zweifel! Aber wie können wir uns ihm unauffällig nähern?«, überlegt Johnny aufgeregt.

Aurelia lacht hell auf. »Aber, Johnny, das ist doch wohl nicht dein Ernst! Der Mann ist Friseur!«

Nun fällt auch bei Johnny der Groschen. Er lacht. »Ja klar! Friseur – Haareschneiden …«

»Aber leider musst du deine Haarpracht opfern«, erklärt Aurelia. »Der verunstaltet mir sonst noch die Frisur.«

»Und bei mir wäre es nicht so schlimm, oder wie?«, ruft Johnny lachend. Doch an Aurelias Blick erkennt er, dass sie genau das denkt. Seufzend zuckt Johnny mit den Achseln. Dann schaut er, ob er genügend Geld dabeihat, geht hinüber auf die andere Straßenseite und betritt den Salon.

Aurelia läuft ihm hinterher und geht vor dem Fenster in die Hocke, um so heimlich in den Laden zu spähen. So kann sie sehen, wie Johnny von Harry Erbs eifrig begrüßt, auf einen Stuhl bugsiert wird und von ihm einen Plastikumhang umgelegt bekommt.

Was sie nicht sieht, ist, wie mulmig sich Johnny plötzlich in der Nähe des Verdächtigen fühlt. Schließlich hat er es möglicherweise mit einem gemeinen Verbrecher zu tun!

Auf die Frage: »Was darf's denn sein?«, stammelt Johnny deshalb nur ein »Ich will es kurz. Ich meine, kürzer! Irgendwie so!« und deutet mit den Fingern einen undefinierbaren Haarschnitt an.

Sofort macht sich Harry Erbs an die Arbeit und zuppelt mit dem Kamm kreuz und quer durch Johnnys Haar. Dann zückt er die Schere.

»Haben Sie eigentlich viel zu tun? So als Friseur?«, stößt Johnny nervös hervor.

»Ja, doch, doch«, sagt Harry Erbs. »Mal so, mal so.«

»Verdient man denn gut in Ihrem, äh, Beruf?«, fragt Johnny hastig weiter.

»Ach, weißt du, Junge, das ist ja nur eine Zwischenstation für mich. Ich bin genau genommen doch zu Höherem berufen!«, erklärt Harry Erbs. »Ich arbeite an einer zweiten Karriere. Und ich sage dir: Überall in Wuppenhausen wird schon darüber gesprochen. Musst mal die Ohren offen halten, Junge.«

Johnny hört mit großen Augen zu. Dass sich dieser Harry Erbs gerade um Kopf und Kragen redet, ist doch kaum zu fassen, denkt er. Mit vorsichtigem Nicken und einigen »Ahas« versucht er, den Redefluss des Friseurs am Laufen zu halten.

»Ich sag nur *Rathausplatz*, sag ich«, fährt Harry Erbs fort. »Da werd ich morgen aufschlagen. Später Nachmittag oder so.«

»Werde die Ohren offen halten«, stammelt Johnny.

»So, mein Junge, fertig!«, ruft Harry Erbs und reißt mit großem Schwung den Plastikumhang von Johnnys Schultern.

Johnny muss beim Anblick seines Spiegelbildes schlucken. Denn sein platt gekämmtes Haar sieht aus, als hätte er einen Topf auf dem Kopf.

»Prima«, presst Johnny unglücklich hervor. Dann steht er auf und zahlt. Noch während er den Salon verlässt, wuschelt er sich kräftig durch die Haare. Aber die Verunstaltung hat sich gelohnt. Triumphierend rennt er Aurelia auf der Straße entgegen.

»Wir haben den Einbrecher!«, ruft Johnny. »Ich bin mir zu hunderttausend Prozent sicher!«

Ist Harry Erbs der gesuchte Einbrecher?

8.
Dezember

Heute wird Johnny von einer rauen Zunge geweckt, die ihm über das Gesicht fährt. Es ist Fipsi, der sich in Johnnys Zelt verirrt hat. Innerhalb von Sekunden ist Johnny hellwach.

»Ich freu mich ja, dass du zutraulicher wirst, aber doch nicht so!«, ruft er und schiebt Fipsi lachend zur Seite.

Als Johnny sich zu Mama, Paulchen und Aurelia an den Frühstückstisch setzt, würde er am liebsten mit den Neuigkeiten herausplatzen. Der Einbrecher ist zum Greifen nah! Er ist schon fast gefangen und überführt! Auch in Aurelia brodelt es. Das kann Johnny deutlich an ihrem Gesicht sehen. Aber beide reißen sich zusammen. Denn noch haben sie keinen wirklichen Beweis.

Aber sie haben einen Plan. Sie wollen heute zum Rathausplatz gehen, um Harry Erbs auf frischer Tat zu ertappen.

Zu schade nur, dass sie bis zum späten Nachmittag warten müssen.

Die Zeit in der Schule verfliegt zum Glück rasch. Doch am Nachmittag scheint der Uhrzeiger wie festgeklebt. Johnny vertreibt sich die Zeit, in dem er versucht, Fipsi Kunststücke beizubringen. Doch der faule Beagle will weder nach einem Ball laufen noch reizt ihn ein Hundeknochen als Belohnung. Seufzend überlässt Johnny Fipsi den Knochen auch ohne Kunststück.

Dann packt Johnny seinen Rucksack. Auch die Kamera nimmt er mit. Denn vielleicht kann er sie gut brauchen, falls er Harry Erbs auf frischer Tat vor die Linse bekommt.

Aurelia trägt heute einen hellblauen Teddyfellmantel. Viel zu auffällig, wie Johnny findet! Aber er verkneift sich jede Bemerkung.

Als sie das Haus verlassen wollen, wird Fipsi plötzlich munter. Fiepend hüpft er um die Kinder herum. Also nehmen sie den Hund einfach mit. Obwohl Aurelia und Johnny schnellen Schritts durch die Straßen eilen, springt Fipsi den Kindern immer ein paar Schritte voraus und beschnüffelt alle Laternen, Häuserwände und Passanten. Auch auf dem Rathausplatz hat Fipsi noch genügend Energie, um jeden, der es mag, ausführlich zu beschnüffeln. Aurelia und Johnny ist das nur recht. Denn so können sie sich ausführlich auf dem Platz umsehen. Besonders als es später und später wird und die kleinen Geschäfte ringsum sich auf den Ladenschluss vorbereiten, erhöht Johnny noch einmal seine Aufmerksamkeit. Doch von Harry Erbs fehlt jede Spur.

»Merkwürdig!« Johnny weiß nicht, was er erwartet hat. Aber überhaupt nichts sicherlich nicht.

Zu allem Unglück wird Fipsi immer müder und widerwilliger. Schließlich legt er sich flach auf den Bauch und streckt alle viere von sich. Um vorwärtszukommen, müsste Aurelia ihn wie ein Stück Teppich hinter sich her schleifen. Seufzend bleibt sie stehen. »Ich dachte, ein Jagdhund hilft einem bei den Ermittlungen«, sagt sie. »Aber Fipsi scheint echt kein Talent dafür zu haben!«

»Lass uns die Sache abbrechen und Fipsi nach Hause bringen«, schlägt Johnny vor.

»Nein, auf keinen Fall!«, ruft Aurelia und denkt nach. »Wenn Harry Erbs der Einbrecher ist, wird er erst nach Ladenschluss zuschlagen! Am besten, wir trennen uns«, sagt sie. »Nimm bitte mein Handy und ruf mich zu Hause an, falls irgendetwas passiert.« Dann reicht sie Johnny ihr Telefon.

Johnny ist einverstanden und bleibt allein auf dem Platz zurück. Mittlerweile fühlt er sich ein bisschen hungrig. Kalt ist ihm auch. Während er mit den Füßen auf der Stelle tritt, um sich warm zu halten, schaut er sich weiter um. Da kommt mit einem Mal der lange Leo über den Platz geschlendert.

Blumen

»Hey, Johnny, hast du meinen Onkel gesehen? Er hat gesagt, dass er hier heute Nachmittag in Aktion zu erleben ist.«

»Dein Onkel? Aber woher soll ich den kennen?«, wundert sich Johnny.

»Er war doch mit auf der Eröffnungsfeier im Naschkätzchen«, sagt Leo. »Weißt du das denn nicht?«

Johnny hat nicht die geringste Ahnung, wovon Leo spricht.

»Da ist er ja«, ruft Leo mit einem Mal begeistert und zeigt auf einen großen schlaksigen Mann. Johnny hat ihn die ganze Zeit übersehen, denn er steht etwas abseits genau vor dem Blumenladen und dem Parkplatz. Außerdem ist er von Kopf bis Fuß grau geschminkt, er trägt einen langen grauen Mantel, einen grauen Sack über der Schulter und einen angeklebten grauen Bart. Es ist Harry Erbs! Um ihn herum stehen vereinzelt Menschen, die ihn wohlwollend bestaunen. Denn er steht, ohne sich auch nur einen Millimeter zu regen. Ein lebendes Standbild! Als Johnny näher tritt, erkennt er auch, wen das Standbild darstellt: den Weihnachtsmann! Nur in schlank!

»Perfekt!«, ruft Leo begeistert.

»Da habe ich wohl etwas falsch verstanden«, murmelt Johnny und fühlt sich schwer enttäuscht. Er war sich doch so sicher! Seine Füße sind mit einem Mal schwer wie Blei. Am liebsten wäre Johnny jetzt schon zu Hause in seinem Zelt.

Doch er versucht, das Beste aus der Sache zu machen. Denn immerhin ist dieser ungewöhnlich schlanke Weihnachtsmann ein gutes Bildmotiv für seinen Film. Kurz entschlossen kramt Johnny die Kamera aus seinem Rucksack und richtet sie auf Harry Erbs. Da sieht er über Harrys Erbs Gesicht ein kleines Lächeln huschen. Dann winkt Harry zum Abschied kaum merklich mit dem Finger.

Leo ist mächtig stolz auf seinen Onkel und will ihm gar nicht mehr von der Seite weichen.

Johnny verabschiedet sich deshalb und wendet sich noch einmal den Läden mit ihren bunten Schaufenstern rund um den Platz zu. Fast überall wurden bereits die Lichter ausgeschaltet und die Rollläden heruntergelassen.

Johnny geht hinüber zum letzten Laden, in dem noch Licht brennt. Es ist der Blumenladen am Parkplatz. Die Verkäuferin, die vor Ladenschluss die feuerroten Weihnachtssterne im Schaufenster gießt, lächelt, als sie Johnny sieht, und schenkt ihm einen Tannenzweig mit einer Weihnachtskugel. Johnny freut sich. Er ist mit dem Ausgang des Tages nicht mehr ganz so unzufrieden.

Als die Rathausuhr Viertel vor sieben schlägt, überlegt Johnny kurz, ob er Aurelia anrufen und Bescheid sagen soll, dass nichts passiert ist. Doch dann lässt er es bleiben und packt Handy und Kamera in seinen Rucksack, den er sich über die Schulter hängt. Nachdenklich macht er sich auf den Heimweg. Wahrscheinlich hatten Mama und Papa von Anfang an recht, überlegt er. Bei den Einbrechern handelt es sich doch um eine Profibande!

Als Johnny den Rathausplatz hinter sich lässt, beginnt es heftig zu schneien. Die Straßen wirken mit einem Mal wie leer gefegt. Fröstelnd legt Johnny einen Schritt zu. Doch vor ihm, an der großen vierspurigen Kreuzung, schaltet die Ampel auf Rot. Johnny bleibt zähneknirschend stehen. Da spürt er mit einem Mal von der Seite einen heftigen Schubs. Gleichzeitig wird ihm der Rucksack entrissen. Johnny fällt. Vor Schreck kann er weder schreien noch den Sturz abfangen. Auch das Gesicht des Angreifers sieht er nicht. Nur zwei Schuhe an großen Füßen. Dann schlägt er schmerzhaft auf dem Boden auf.

Was kann der Dieb nur mir Johnnys altem Rucksack wollen?

9. Dezember

Als Johnny gestern Abend seinen Eltern von dem Überfall erzählte, reagierte Mama so aufgebracht, wie er sie nie zuvor erlebt hat.

Auch am nächsten Morgen ist sie, als sie mit Johnny den Frühstückstisch deckt, noch völlig aus dem Häuschen. »So eine Bodenlosigkeit«, schimpft sie immer wieder. »Wie kann man denn ein Kind so gemein bestehlen? Wenn ich den zu fassen kriege!«

Auch Johnny ist wütend, trotzdem versucht er seine Mama zu beruhigen.

»Mir ist ja nichts passiert«, sagt er. »Nur um die Kamera ist es wirklich schade.«

»Ach, die Kamera war schon alt«, sagt Mama unglücklich. »Aber was ist mit den Bildern, die du aufgenommen hast?«

Der Gedanke an die vielen schönen Aufnahmen, die er für sein Weihnachtsprojekt bereits gemacht hat, versetzt Johnny einen bösen Stich.

Im nächsten Moment betreten Papa, Aurelia und Paulchen die Küche. Sie waren gemeinsam für das Samstagsfrühstück Brötchen holen.

»Da ist ja mein Held«, sagt Papa und nimmt Johnny liebevoll in den Arm.

»Na ja, war nicht gerade eine Supermann-Leistung, wie ich mir den Rucksack hab klauen lassen«, widerspricht Johnny bedrückt.

»Na, Hauptsache, dir ist nichts weiter passiert«, sagt Papa. Dann seufzt er tief. »Ich dachte ja, hier in unserer kleinen Stadt wäre es so langweilig, dass nie etwas passiert. Aber stellt euch vor: Gestern Abend wurde schon wieder ein Einbruch verübt. Diesmal im Blumenladen am Rathausplatz!«

Johnny klappt die Kinnlade herunter. Automatisch sucht er Aurelias Blick. Kann denn das wahr sein?

»Die Bäckersleute haben erzählt, dass wohl kurz nach Ladenschluss jemand die Tür aufgebrochen hat«, sagt Aurelia. »Und natürlich wurden keine Blumen gestohlen, sondern alle Einnahmen!«

Johnny muss sich setzen. »Oh nein! Die nette Verkäuferin!«

Als Johnny mit seinem Papa nach dem Frühstück zum Polizeirevier geht, um den Diebstahl seines Rucksacks anzuzeigen, muss er die ganze Zeit über diesen merkwürdigen Zufall nachdenken.

Auf dem Polizeirevier ist an diesem Samstagvormittag nicht viel los. Papa und Johnny werden sofort in ein kleines Büro gebeten, wo ein Beamter, der etwas jünger als Papa ist und sich als Kommissar Schulz vorstellt, den Fall aufnimmt.

»Sie und Ihr Sohn hätten aber gleich gestern Abend kommen sollen«, tadelt der Beamte Papa. »Dann hätten wir noch eine Streife rausgeschickt und den Täter vielleicht geschnappt. Jetzt ist es viel zu spät! Der ist längst über alle Berge!«

»Entschuldigung«, sagt Papa und fühlt sich sichtlich unwohl wegen des Tadels. »Kommt nicht wieder vor.«

»Na, das ist zu hoffen!«, erwidert der Beamte und lächelt versöhnlich. Dann erkundigt er sich, ob Johnny den Täter genauer beschreiben kann. Aber Johnny hat ja nur die Schuhe gesehen.

»Das waren so Turnschuhe. Nur total unmodern. Die Schuhe waren riesig, mindestens Größe 45, würde ich schätzen. Die Marke kannte ich nicht«, gibt er zu Protokoll.

»Wenn wir etwas herausfinden, melden wir uns«, sagt der Beamte zum Abschied. Aber Johnny hat das Gefühl, dass dies kaum der Fall sein und er seinen Rucksack wohl nie wiedersehen wird.

Zu Hause erzählt Johnny Aurelia sofort alle Einzelheiten von seinem Besuch auf der Polizeistation.

»Ich finde das alles höchst merkwürdig. Wer klaut denn so eine alte Kamera? War nicht vielleicht sonst noch etwas in dem Rucksack?«, will Aurelia wissen.

Johnny wird es heiß und kalt. Jetzt fällt es ihm ein! Aurelias Handy war doch in seinem Rucksack! Das mit den Glitzersteinen! Wie soll er ihr das nur sagen? Für einen Augenblick kann Johnny überhaupt nicht mehr klar denken.

»Was ist denn?«, erkundigt sich Aurelia, als sie Johnnys blasses Gesicht sieht.

»Da … ist … doch noch was«, stammelt Johnny. »Dein Handy!«

Doch zu Johnnys Überraschung reagiert Aurelia ganz anders als erwartet.

»Wunderbar«, ruft sie begeistert. »Uns hätte nichts Besseres passieren können!«

»Hä?« Johnny versteht nur Bahnhof.

»Ich hab doch auf meinem Handy eine App, mit der ich es orten kann! Falls ich es mal verliere oder so!«

Johnny begreift. Ein erleichtertes Lächeln breitet sich auf seinem Gesicht aus. »Ein Programm, das einem anzeigt, wo das Handy gerade ist? Irre! Dann haben wir ja quasi den Dieb!«

»Genau«, bestätigt Aurelia. »Aber nur, wenn das Handy eingeschaltet ist! Und wir brauchen einen Computer.«

»Kein Problem«, sagt Johnny stolz und zieht Aurelia mit sich ins Wohnzimmer, wo der Familiencomputer steht. Aurelia nimmt sichtlich aufgeregt Platz und startet das Gerät. Nachdem sie etwas herumgetippt hat, öffnet sich ein Fenster. Flink gibt Aurelia ihre Telefonnummer, anschließend ihr Passwort ein: »FIPSI«.

»Ist das nicht viel zu simpel als Passwort?«, fragt Johnny. Doch Aurelia zuckt nur mit den Schultern. »Aber ich kann's mir wenigstens merken«, sagt sie.

Im nächsten Moment poppt der Stadtplan von Wuppenhausen auf. Ein roter Kreis zeigt den augenblicklichen Standort des Telefons. Doch der Kreis ist ziemlich groß.

»Das ist nicht auf den Meter genau«, erklärt Aurelia.

Aber Johnny rümpft auch aus einem anderen Grund die Nase. »Warum wird denn der Kurpark angezeigt?«, wundert er sich. »Da wohnt doch niemand!«

»Vielleicht macht der Dieb ja gerade einen Spaziergang?«, überlegt Aurelia.

Mit einem Mal fühlt sich Johnny ganz fiebrig. Dann wäre der Dieb ja zum Greifen nah! »Komm, den schnappen wir uns«, ruft er. »Wenn der Dieb die Schuhe von gestern anhat, erkenne ich ihn sofort.«

Aurelia hat offenbar gerade dasselbe gedacht. »Wir müssen uns beeilen«, ruft sie, während sie schon in die Diele eilt.

Innerhalb von fünfzehn Minuten haben Johnny und Aurelia den Kurpark erreicht. Doch obwohl sie in alle Richtungen spähen, ist kein Verdächtiger zu sehen.

Aber Johnny und Aurelia geben nicht auf. Immer wieder laufen sie kreuz und quer durch den Park und halten Ausschau. Doch irgendwann sind sie erschöpft. Müde setzen sie sich auf eine Bank. Da fällt Johnnys Blick zufällig auf das naheliegende Gebüsch. Im nächsten Moment durchzuckt ein heißkalter Blitz seinen Körper. Das gibt es ja nicht! Da liegt doch tatsächlich sein Rucksack!

Johnny springt auf und zerrt ihn aus dem Gebüsch. Aufgeregt durchwühlt er den Inhalt. Zu seinem Erstaunen findet er Aurelias Handy und die Videokamera. Doch die Kassette wurde mit groben Fingern herausgerissen.

»Jetzt verstehe ich gar nichts mehr«, gesteht Aurelia.

Was war nur so Besonderes auf dem Film?

10.
Dezember

Eigentlich haben Johnnys Eltern für den zweiten Adventssonntag einen Ausflug in den Tierpark zu den Bisons geplant. Doch am Morgen fühlt sich Paulchen etwas fiebrig, sodass die ganze Familie nun doch zu Hause bleibt.

»Es sich einfach mal zu Hause gemütlich machen, ist doch auch ganz schön«, findet Mama, und so vertreibt sich jeder nach seinem Geschmack die Zeit.

Johnny ist es mehr als recht, zu Hause zu bleiben. Er fühlt sich noch gar nicht richtig wach. Denn in der letzten Nacht war er zu aufgekratzt zum Schlafen. Er hat fast nur gegrübelt. Doch noch immer ist es ihm unbegreiflich, warum der Dieb seinen Film zerstört hat!

Auch Aurelia sieht müde aus. Duftend und frisch geduscht, aber mit Augenringen lässt sie sich neben ihm im Wohnzimmer aufs Sofa plumpsen.

»Ich habe überlegt, was das alles zu bedeuten hat«, sagt sie. »Und mir kam der Gedanke, ob nicht vielleicht jemand dein Weihnachtsprojekt boykottieren will?«

Johnny sieht Aurelia verständnislos an. Auf diese Idee ist er überhaupt noch nicht gekommen. »Niemals! Wer würde denn so etwas machen? Es gibt ja nicht mal was zu gewinnen!«, sagt er.

»Doch«, widerspricht Aurelia. »Der Gewinner steht am Ende groß in der Zeitung.«

Johnny schüttelt entschieden den Kopf. »Aber wegen so etwas begeht man doch keinen Diebstahl!«

»Aber du hast doch gehört, wie wichtig das manchen sein kann«, sagt Aurelia. »Leo zum Beispiel.«

»Der war es auf keinen Fall«, erwidert Johnny wie aus der Pistole geschossen.

»Das war ja auch nur ein Beispiel«, erklärt Aurelia.

Johnny denkt nach. Tatsächlich nehmen viele Leute in Wuppenhausen den Wettbewerb sehr ernst und machen sich viel Mühe mit ihrem Projekt. Fleischermeister Kuppke, so hat es Johnny gehört, macht einen Weihnachtsmann aus Wurst, der Bäcker will Wuppenhauser Weihnachtswecken backen. Und Johnnys Klassenkameraden denken sowieso an nichts anderes mehr. Der Ehrgeiz zu gewinnen hat wohl nicht nur Johnny erfasst. Aber trotzdem hat er das Gefühl, dass Aurelia mit ihrer Überlegung auf einem Holzweg ist.

»Im Grunde weiß doch überhaupt niemand, was ich für ein Projekt mache«, sagt Johnny. »Und dann ist ja noch nicht einmal gesagt, dass ich überhaupt gewinne! Nein, es muss einen anderen Grund geben, warum der Dieb den Film kaputt gemacht hat.«

Aurelia schaut nachdenklich zu Boden. Dann hat sie eine Idee. »Was genau hast du denn als Letztes gefilmt?«, will sie wissen.

»Die Blumenhändlerin, glaube ich«, sagt Johnny.

Aurelia reißt überrascht die Augen auf. »Die, bei der eingebrochen wurde?«

Johnny ist plötzlich hellwach. »Meinst du, da gibt es einen Zusammenhang?«, fragt er.

»Das sollten wir herausfinden!« Aurelia springt auf.

Auch Johnny hält nichts mehr an seinem Platz. Er fühlt sich wie elektrisiert. In Windeseile laufen Aurelia und Johnny in die Diele, um in ihre Schuhe und Mäntel zu schlüpfen. Doch kaum haben sie das Haus verlassen, ruft Mama sie noch einmal zurück und bittet sie, Fipsi mitzunehmen, damit der Hund Auslauf bekommt.

Johnny ist von der Idee nicht so begeistert. Denn mit dem Hund an der Leine, der sie mal hier- mal dorthin zerrt und am Ende schlappmacht, brauchen Johnny und Aurelia viel länger, bis sie endlich den Rathausplatz erreichen. Dabei platzen die beiden beinahe vor Ungeduld.

Der Rathausplatz ist wie letzten Sonntagvormittag fast ausgestorben. Von den Weihnachtsmarktbuden hat noch keine geöffnet.

Zuerst laufen Johnny und Aurelia zum Blumenladen. Er hat auch sonntags eigentlich geöffnet. Aber die festliche Weihnachtsbeleuchtung ist ausgeschaltet, auch sonst brennt kein Licht. »Wegen Einbruch geschlossen«, steht auf einem Zettel. Am Türrahmen sind starke Kratzspuren zu erkennen, sie stammen vermutlich von einem Brecheisen. Ansonsten ist die Tür bereits repariert und fest verschlossen.

Dann zeigt Johnny Aurelia, wo Harry Erbs seinen Auftritt als lebendes Standbild hatte, nämlich nicht weit vom Laden entfernt, genau vor dem großen Parkplatz mit den vielen Parkuhren.

»Stell dich mal genau dort hin, von wo du gestern Harry Erbs gefilmt hast«, schlägt Aurelia vor. Dann geht sie mit Fipsi all die Stellen des Platzes ab, auf die Johnny seine Kamera gerichtet hat. Doch für den Moment ist nichts Auffälliges zu entdecken. Also vergrößert Aurelia den Radius. Sie weicht Schritt für Schritt nach hinten, bis sie den Parkplatz erreicht. Doch zunächst entdeckt sie nichts. Erst als Fipsi am Boden zwischen den Autos herumschnüffelt, fällt ihr etwas Ungewöhnliches ins Auge. »Johnny, komm her!«, ruft sie aufgeregt.

Als Johnny eilig herbeiläuft, sieht er sofort, was Aurelia entdeckt hat: Zwischen einem blauen Kombi und einem Bulli stapelt sich auffällig viel Müll, der aus leeren Nussschalen und der bunten Verpackung zahlreicher Schokoriegel besteht.

»Siehst du, was ich sehe?«, fragt Aurelia siegesbewusst.

Aber Johnny versteht nicht, wovon Aurelia eigentlich redet.

»Da hat jemand seinen Müll einfach aus dem Autofenster geworfen«, sagt er ungeduldig.

»Ja, aber das ist nicht alles! Jemand hat ERST ziemlich viel

Knabberkram vertilgt und DANN seinen ganzen Müll aus dem Fenster geworfen!«, korrigiert ihn Aurelia.

»Aber was hat das mit unserem Fall zu tun?«, fragt Johnny. Doch im nächsten Moment fällt es ihm wie Schuppen von den Augen.

»Das gibt es doch nicht«, ruft er. Entgeistert schaut er auf den Müll am Boden, dann zum nahen Blumenladen, dann wieder auf den Müll am Boden. »Von hier aus kann man ja prima das Geschäft beobachten!«

»Genau«, bestätigt Aurelia. »Und was wissen wir von unserem Einbrecher? Dass er gerne nascht! Ich bin mir sicher, der Dieb saß hier im Auto!«

»Und hat darauf gewartet, dass der Blumenladen schließt, damit er loslegen kann!«, ergänzt Johnny »Und ich habe ihn, als ich eigentlich Harry Erbs filmte, ohne es zu wissen, aufgenommen! Deshalb hat er mir die Kamera gestohlen!«

»Weißt du, was das heißt?«, fragt Aurelia und gibt die Antwort gleich selbst: »Der Rucksackräuber und der Einbrecher sind ein und dieselbe Person!«

Johnny wird von einem einzigartigen Hochgefühl ergriffen. Noch nie war er so stolz auf sich! Er ist der geborene Detektiv! Alles liegt nun klar vor ihm.

»Wenn wir den Dieb fangen, haben wir auch den Einbrecher«, ruft er begeistert.

Auch Aurelia ist offenbar vom Detektivfieber ergriffen worden. Aufgeregt klatscht sie in die Hände, obwohl das eigentlich nicht ihre Art ist. »Zum Glück haben wir auch schon eine Spur!«, ruft sie.

Welche Spur meint Aurelia?

11.
Dezember

Johnny freut sich. Zum Frühstück liegt eine neue Videokassette auf seinem Teller. Mama hat sie für ihn besorgt, damit er mit seinem Film neu beginnen kann.

»Auch wenn die alten Aufnahmen futsch sind. Lass dich nicht entmutigen und fang einfach noch mal von vorne an«, sagt sie.

»Bleibt mir ja auch nichts anderes übrig«, seufzt Johnny und gibt ihr einen dicken Kuss. Er ist Mama für die Unterstützung sehr dankbar. Denn bis eben war er sich nicht sicher, ob er mit seinem Weihnachtsprojekt überhaupt noch weitermachen möchte. Aber jetzt verspürt Johnny wieder neue Lust. Überhaupt ist er guter Laune. Schließlich ist ihm etwas eingefallen, wie sie dem Einbrecher auf die Schliche kommen können. Schließlich hat er bei dem Überfall zumindest etwas von ihm gesehen: seine Schuhe! Durch sie werden sie den Ganoven garantiert überführen! Und Johnny hat sogar eine Idee, was sie als Nächstes unternehmen werden. Sobald sie aus der Schule zurück sind, wird er mit Aurelia seinen Plan besprechen.

Als Johnny wieder zu Hause ist und seine Schultasche in seinem Zimmer abstellen will, tritt er schmerzhaft auf ein Spielzeugauto. Die kurze Strecke zum Zelt muss er sich seinen Weg durch Legosteine und Bauklötze bahnen. »Paulchen!«, ruft er genervt.

Da im Kindergarten schon Weihnachtsferien sind, hat Paulchen den freien Vormittag genutzt, all sein Spielzeug überall zu verteilen. Johnny schaufelt seufzend alles mit den Händen in einen alten Waschmittelkarton. Als er gerade den Karton in Paulchens große Spielzeugtruhe schütten will, betritt sein jüngerer Bruder das Zimmer. Wieselflink stürzt er auf Johnny zu und verstellt ihm den Weg zur Spielzeugtruhe. »Da darfst du nicht ran!«, ruft er und klappt resolut den Deckel vor Johnnys Nase zu.

»Puh! Dann nicht! Wollte ja nur helfen!«, sagt Johnny und geht beleidigt ins Wohnzimmer. Aber Paulchen ist gerade nicht so wichtig, denn mit seinen Gedanken ist Johnny nach wie vor nur bei dem Einbrecher und seinen Schuhen.

Als Aurelia schließlich vom Duschen nach dem Sportunterricht in eine Duftwolke gehüllt nach Hause kommt, platzt Johnny gleich mit seinem Einfall heraus: »Hey, ich hab nachgedacht. Weißt du, was wir heute Nachmittag machen könnten?«, fragt er.

Aurelia grinst über das ganze Gesicht. »Ich habe auch nachgedacht! Wir könnten in ein Schuhgeschäft gehen und gucken, ob wir die Schuhe des Diebes entdecken. Denn wenn wir mehr über die Schuhe wissen, wissen wir mehr über den Dieb!«, erwidert sie gut gelaunt.

Johnny schnappt ungläubig nach Luft. »Das gibt es doch gar nicht! Genau das wollte ich vorschlagen!«, ruft er.

»Tja, dann ist das wohl Gedankenübertragung«, stellt Aurelia grinsend fest.

Gemeinsam werden sie sich schnell einig, dass sie gleich am Nachmittag ins Einkaufszentrum gehen werden, weil es dort die meisten Schuhläden gibt.

Auf dem Weg dorthin beschreibt Johnny Aurelia noch einmal die gesuchten Schuhe. »Die Farben sind ganz schrecklich unmodern«, sagt er. »Die Grundfarbe ist gelb. Darauf sind so geschwungene Streifen aus Leder oder dickem Stoff in Orange und Braun genäht. Der Schuh selbst hat eine längliche und vorne runde Form. Wenn jemand solche Schuhe tragen würde, dann vielleicht Onkel Michael. Weißt du, der immer diese grob karierten Jacken trägt.«

Aurelia lacht. »Ja, der! Der hat im Sommer doch auch immer dieses Stirnband mit so einem Sonnenschutzschirmchen vorne dran auf!«

»Genau!«, bestätigt Johnny.

Als sie das Einkaufszentrum erreicht haben, müssen sie sich erst einmal zurechtfinden. Neben zahlreichen Modegeschäften gibt es hier einen Friseur, einen Supermarkt, ein Eiscafé, ein großes Kino mit mehreren Sälen sowie eine Bowlingbahn. Und vor allem sehr viele Schuhgeschäfte.

Im ersten Laden werden sie allerdings in keinerlei Hinsicht fündig. Denn in dem winzigen Geschäft werden nur elegante und sehr hochhackige Damenschuhe verkauft. Auch das zweite und dritte Geschäft führt nur Schuhe für weibliche Kunden. Erst der vierte Schuhladen bietet auch Herrenschuhe an. Bei den meisten davon handelt es sich aber um dicke Winterschuhe oder Schnürschuhe fürs Büro. Klobige Turnschuhe aus Leder sind nicht zu entdecken.

Also beschließen Johnny und Aurelia, sich in der Sportabteilung im Untergeschoss des Geschäfts umzusehen. Hier ist fast die ganze Etage mit modischen Turnschuhen bekannter Marken vollgestellt. Johnny und Aurelia sehen sich suchend um. Da werden sie von einer Verkäuferin entdeckt, die mit freundlichem Lächeln sogleich auf sie zusteuert.

»Kann ich euch helfen? Was sucht ihr denn?«, fragt sie.

»Einen Sportschuh. Die Marke kenne ich nicht. Aber die Farbe ist so ein helles Gelb mit braunen und orangefarbenen Streifen«, versucht Johnny den Schuh zu beschreiben.

Die Verkäuferin lächelt freundlich und verschwindet zwischen den Regalen. Als sie zurückkommt, hat sie drei Schachteln bei sich.

»Meinst du vielleicht diesen hier?«, fragt sie und öffnet den ersten Deckel.

Aufgeregt schauen Johnny und Aurelia in den Karton. Der Schuh ist gelb, braun und orange. Aber es ist nicht das gesuchte Exemplar. »Nein, der hier hat eine viel zu dicke Sohle.

Und die Streifen sind auch mehr geschwungen«, sagt Johnny kopfschüttelnd.

»Dann vielleicht der?«, versucht es die Verkäuferin mit dem zweiten Karton. Aber wieder schüttelt Johnny den Kopf. »Nein, der ist ja aus Stoff. Den Schuh, den ich suche, ist viel klobiger. Ganz rund vorne. Und aus dickem Leder.«

Die Verkäuferin zieht nachdenklich die Stirn in Falten. Schließlich zeigt sie noch den letzten Schuh, den sie mitgebracht hat. Doch auch dieser ist es nicht. Johnny und Aurelia machen enttäuschte Gesichter.

»Hm. Also, wenn ihr euch sicher seid, dass der Schuh wirklich ein Sportschuh ist, dann guckt doch mal eine Etage höher in das Sportfachgeschäft«, schlägt die Verkäuferin schließlich vor. »Wir verkaufen eher Freizeitsportschuhe. Vielleicht ist das ja ein Spezialschuh, den man nur für einen bestimmten Sport braucht?«

Johnny und Aurelia schöpfen neue Hoffnung.

Das Sportgeschäft hat allerdings keine eigene Schuhabteilung, müssen Johnny und Aurelia feststellen. Stattdessen sind alle Produkte nach Sportarten sortiert. Johnny und Aurelia bleibt nichts anderes übrig als alle Abteilungen abzulaufen. Nachdem sie bereits den halben Laden durchsucht haben, werden sie endlich fündig.

»Da, das sind sie!«, ruft Johnny aufgeregt und zerrt Aurelia am Ärmel. Und tatsächlich, klobig, gelb, orangebraun gestreift stehen sie da, die Schuhe. Und zwar in der Abteilung für Bowlingbedarf.

»Puh! So ein Glück«, freut sich Johnny. »Dann wissen wir ja, was wir morgen zu tun haben!«

Auch Aurelia strahlt über beide Ohren. »So ist es!«, ruft sie.

Wo werden Johnny und Aurelia den Dieb suchen?

12. Dezember

Für Aurelia und Johnny ist es völlig klar: Ein Dieb, der solche Schuhe trägt, spielt Bowling. Und so jemanden findet man am besten auf der Bowlingbahn! Als sie gemeinsam am Frühstückstisch sitzen, sind sie sich schnell einig, dass sie am Nachmittag zur Bowlingbahn fahren werden. Mit etwas Glück läuft ihnen ja vielleicht der Dieb in den gelb-braun-orangefarbenen Schuhen über den Weg. Wer weiß?

»Was mich aber am meisten wundert, ist, dass solche Schuhe ganz schön teuer sind«, sagt Johnny, während er nachdenklich an seinem Brötchen kaut.

»Das kannst du laut sagen«, stimmt Aurelia ihm zu. Denn die Schuhe kosten mehr als hundert Euro. »Wer so teure Schuhe trägt, sollte es eigentlich nicht nötig haben, anderen Leuten Geld zu klauen.«

Johnny überlegt. »Oder der Dieb macht die Einbrüche, um sich so teure Schuhe zu leisten?«

»Das wäre ja richtig blöd!«, lacht Aurelia.

Auch Johnny muss lachen. Doch dann wird er wieder ernst. »Aber offenbar braucht der Dieb Geld, obwohl er schon welches hat«, stellt er fest.

Aurelia ist ganz seiner Meinung. »Bloß wofür?«, fragt sie.

Leider steht den beiden heute ein besonders langer Schultag bevor. Einziger Höhepunkt ist die letzte Stunde, in der alle wieder an ihrem Projekt arbeiten dürfen.

Während Leo und Aurelia im Klassenraum bleiben, begleitet Johnny die Theatergruppe in die Aula. Unter der Regie von Katinka und Eva hat das Theaterstück bereits sichtbar Formen angenommen. Das Weihnachtsprojekt konzentriert sich dabei auf die zentrale Szene der Weihnachtsgeschichte: Der Geburt des Jesuskindes.

Da das Thema aber »Weihnachten in Wuppenhausen« heißt, wurde die Geschichte nach allgemeinem Beschluss von

Bethlehem nach Wuppenhausen verlegt, aus dem Stall wurde eine mit Fahrrad und Werkzeugkisten vollgestellte Garage.

»Es geht ja schließlich um die Kernaussage der Weihnachtsgeschichte«, erklären Katinka und Eva, als Johnny sie vor der Kamera zu ihrem Theaterstück befragt. »Nämlich Liebe und Frieden. Alles andere ist nicht so wichtig.«

Und deshalb haben die Heiligen drei Könige von der bevorstehenden Geburt auch nicht von einem Engel erfahren, sondern die Geschichte im Fernsehen gehört und bringen Windeln, eine Babyrassel und einen blauen Strampler als Gastgeschenke. Denn das finden besonders Alma und Felix, die die Maria und den Joseph spielen, viel nützlicher als Weihrauch und Myrrhe.

Aber entgegen der Botschaft »Liebe und Frieden« geht auf der Bühne nicht alles ohne Streit ab. Als Malte als Weihnachtsengel verkleidet »Fürchtet euch nicht!« verkündet, reagiert Kevin beleidigt. »Wieso fürchten? Du bist doch nur ein Engel! Denkst du, ich bin ein Feigling?«, blafft er Malte an.

Verdutzt versucht Malte, ihn zu beschwichtigen: »Nein, gar nicht, wieso Feigling? So steht das hier im Text …« Aber Kevin sieht aus, als würde ihn Maltes Antwort nur noch mehr reizen.

Johnny ist froh, als er alle Aufnahmen im Kasten hat und sich die Streitereien auf der Bühne nicht mehr anhören muss.

Nach der Schule macht er sich mit Aurelia endlich auf den Weg zum Einkaufszentrum. Die Bowlingbahn liegt ganz oben im vierten Stock und erstreckt sich über die gesamte Etage. Der Eingangsbereich ist mit einem Wasserspender und Sitzecken einladend offen gestaltet. Weil sie weder Drehkreuze noch Einlassschranken finden, laufen Aurelia und Johnny direkt am Empfangstresen vorbei. Doch so einfach, wie sie sich das vorgestellt haben, ist es nicht.

Hinter dem Tresen hockt eine griesgrämig dreinschauende Frau, die die Kinder übersehen haben.

»He, he!«, ruft sie unfreundlich, als Johnny und Aurelia gerade an ihr vorbeispazieren. »Wo wollt ihr denn hin?«

»Wir wollten nur mal gucken!«, sagt Johnny entschuldigend.

»Gucken ist nicht. Wenn, dann müsst ihr auch spielen«, sagt die Kassiererin.

»Das wussten wir nicht«, sagt Johnny. Erschrocken starrt er auf die Frau. Sie ist klein und gedrungen, ihr fusseliges Haar hat sie mit viel Haarspray aufgetürmt. An ihrem grünen Rollkragenpullover entdeckt Johnny ein Namensschild. »Sie sprechen mit Rosalinde Drache«, steht darauf. Das passt ja, denkt Johnny und muss sich ein Grinsen verkneifen.

»Habt ihr nachmittags keine Hausaufgaben auf?«, fragt Frau Drache und schaut Johnny mit zusammengekniffenen Augen an.

Aber Johnny ist nicht bereit, sich einschüchtern zu lassen. »Dann hätten wir gerne zwei Karten«, sagt er.

Die Frau an der Kasse schnaubt empört. »Karten!«, ruft sie. »Ihr habt ja wohl gar keine Ahnung vom Bowling, oder?«

Johnny und Aurelia schütteln die Köpfe. Tatsächlich wissen sie nur, dass es so etwas Ähnliches wie Kegeln ist.

»Ihr müsst *eine Bahn mieten*«, erklärt Frau Drache und zeigt auf die Preisliste, die am Tresen aushängt. Aurelia und Johnny zücken eilig ihre Geldbörsen. Aber Frau Drache macht keine Anstalten, das Geld der Kinder anzunehmen. »Habt ihr Schuhe dabei?«, fragt sie.

»Selbstverständlich«, sagt Aurelia. »An den Füßen.«

Frau Drache lehnt sich nun laut seufzend auf ihrem Stuhl zurück und schaut einen Augenblick mit gespielter Ungläubigkeit an die Decke. »Das Betreten der Anlage ist selbstverständlich nur in Bowlingschuhen gestattet«, sagt sie dann.

»Was ist denn an diesen Schuhen so besonders?«, fragt Johnny, wohl wissend, dass er Frau Drache Anlass für einen Stoßseufzer bietet.

»Also, normale Schuhe würden den Belag be-schä-di-gen«, erklärt Frau Drache nun in einem Tonfall, als würde sie mit Vorschulkindern sprechen. »Man muss beim Bowling mit den Schuhen gleiten können. Deshalb sind die Sohlen von Bowlingschuhen aus Leder!«

Aurelia tritt genervt von einem Bein auf das andere. Sie sieht aus, als kämen ihr gleich kleine Rauchwölkchen aus den Ohren vor Wut, denkt Johnny.

»Aber Bowlingschuhe sind ganz schön teuer«, gibt Johnny zu bedenken.

»Deshalb gibt es hier ja auch Leihschuhe«, erklärt Frau Drache schmallippig.

»Alles klar«, sagt Johnny erleichtert. Doch als er nun den Geldschein, der auf dem Tresen liegt, näher auf Frau Drache zuschiebt, schüttelt sie wieder, diesmal energischer, den Kopf. »Ich kann euch leider keine Bahn vermieten. Ihr dürft nämlich nur in Begleitung von Erwachsenen bowlen«, verkündet sie. Johnny ist sich sicher, den Anflug eines selbstzufriedenen Lächelns in ihrem Gesicht zu entdecken.

Aurelia beißt sich auf die Lippen und ballt ihre Fäuste. So wütend hat Johnny sie noch nie erlebt. Frau Drache scheint einen besonderen Nerv bei seiner Cousine getroffen zu haben. Eilig zieht er sie fort vom Tresen Richtung Ausgang.

Aber Aurelia dreht sich noch einmal um. »Und vielen Dank für nichts!«, ruft sie mit bebender Stimme.

Was könnten Johnny und Aurelia versuchen, um doch hineinzukommen?

13. Dezember

Am Frühstückstisch macht Aurelia heute den Eindruck, als sei ihr ein Drache über die Leber gelaufen. Die ganze Zeit schimpft sie über die Kassiererin. Sie kann gar nicht damit aufhören. So hat Johnny seine Cousine noch nie erlebt!

»Und dann behandelt die uns auch noch wie Kindergartenkinder«, beschwert sie sich. Es ist offensichtlich, dass Frau Drache einen wunden Punkt bei Aurelia getroffen hat, indem sie sie nicht für voll genommen hat.

»Aber warum wollt ihr denn unbedingt bowlen?«, fragt Mama, die dabei sitzt und für die beiden Frühstücksbrote schmiert.

»Nur so«, behauptet Johnny und tauscht mit Aurelia einen verschwörerischen Blick.

»Tante Corinna, hast du nicht Lust, mit uns da hinzugehen?«, fragt Aurelia mit einem lieblichen Augenaufschlag.

»Tut mir leid, wenn ich Zeit hätte, würde ich mich erst mal daran setzen, neue Bonbons fürs Naschkätzchen zu machen«, sagt Mama. »Alle meine Vorräte sind fast alle. Sie verkaufen sich wirklich zu gut.«

In diesem Moment erscheint Paulchen verschlafen in der Küche. »Was? Alle Bonbons sind alle?«, fragt er erschrocken.

»Nein, noch nicht«, beruhigt ihn Mama. »Aber wer nicht auf dem Trockenen sitzen möchte, sollte sich seine Vorräte in nächster Zeit gut einteilen.« Mama grinst Paulchen schelmisch an. Denn sie weiß, wie verrückt Paulchen speziell nach ihrem Zitronenlutschlakritz ist. Sichtlich beunruhigt verschwindet Paulchen im Badezimmer.

»Und Papa?«, kommt Johnny auf das eigentliche Thema zurück. »Glaubst du, er hat Lust auf Bowling?«

»Papa hat ja auch nur am Wochenende Zeit. Und ich bin mir sicher, er wird auf keinen Fall bowlen wollen. Ihm ist nämlich mal eine Bowlingkugel auf den Fuß gefallen«, erklärt Mama.

Johnny und Aurelia sind enttäuscht. Sehr schweigsam und nachdenklich machen sie sich auf den Weg in die Schule. Johnny überlegt fieberhaft, wen sie sonst noch fragen könnten. Er geht in Gedanken alle Erwachsenen durch, die er kennt. Im Grunde sind es lediglich zwei, die auch nur ansatzweise in Frage kommen. Doch Onkel Sven hatte kürzlich einen Bandscheibenvorfall und kann sich nicht bücken. Tante Sabrina trägt nur hochhackige Schuhe und künstliche lange Fingernägel. Eine Bowlingkugel würde sie unter keinen Umständen in die Hand nehmen!

Auch während des Unterrichts grübelt Johnny weiter. Ihm muss doch eine Lösung einfallen! Sonst können Aurelia und er gleich aufgeben. Und der Dieb lacht sich ins Fäustchen!

Vielleicht könnten sie sich älter machen, um an Frau Drache vorbeizukommen? Vielleicht mit Schminke und einem Hut? Oder vielleicht hat jemand aus Johnnys Klasse einen älteren Bruder, der gerne zum Bowling geht?

Johnny erwägt sogar für einen Moment, einem wildfremden Menschen Geld anzubieten, damit er sie auf die Bowlingbahn begleitet.

Endlich ist der Schultag fast zu Ende. Es steht nur noch die letzte Stunde an, in der Johnny und seine Klassenkameraden wieder an ihren Projekten arbeiten dürfen.

Johnny will heute die »Strickgruppe« filmen. So nennt er die andere Hälfte der Klasse, die ihr eigenes Weihnachtsprojekt verfolgt. Denn Lisa-Marie und Friedrich haben vorgeschlagen, Socken zu stricken, die sie an einer langen Schnur an der Wand im Rathaus aufhängen wollen. Diese Socken sollen dann von den Bewohnern Wuppenhausens mit Geschenken und Kleinigkeiten für die Bedürftigen der Stadt gefüllt werden. Für Johnny ist das bisher die beste Idee, von der er gehört hat.

Allerdings erweist sich das Stricken von Socken als schwieriger als gedacht. Denn die Maschen müssen nicht auf zwei, sondern auf vier Nadeln verteilt werden. Dabei ist höchste Konzentration gefordert. Entsprechend langsam kommt die Gruppe voran. Nur Lisa-Marie und Friedrich, die schon einmal gestrickt haben, sind mit ihren Socken bereits fertig und helfen den anderen, wo sie nur können.

Heute zeigt Friedrich, was beim Stricken der Ferse bedacht werden muss. Die ist nämlich besonders kompliziert. »Denn ab jetzt müssen Doppelmaschen gestrickt werden, weil sich die Maschenzahl verringert«, wie Friedrich erläutert. Johnny versteht nur noch Bahnhof und ist froh, nicht selbst stricken, sondern nur filmen zu müssen. Aber die bereits fertigen, bunt geringelten Socken sehen super aus, muss Johnny anerkennen. Die Sockenstrickgruppe sieht er – gleich nach seinem eigenen Projekt – auf Platz zwei im Wettbewerb.

Ganz anders schaut es bei Leo aus, der nun schon seit einer Woche ergebnislos über seinem Gedicht brütet. Er ist im Klassenraum geblieben, einerseits weil er für das Dichten absolute Ruhe braucht. Andererseits, weil auch Aurelia hier sitzt. Denn da sie nicht am Wettbewerb teilnimmt, nutzt sie die Zeit, um wieder einmal in Ruhe in einem Mathebuch zu blättern.

Als Johnny aus dem Werkraum zurückkehrt und sich mit laufender Kamera nun Leo nähert, winkt dieser entsetzt ab.

»Ich bin noch nicht so weit«, sagt er. »Das Dichten ist viel schwieriger, als ich gedacht habe! Allein schon einen guten Reim auf Wuppenhausen zu finden, ist irre schwer.«

Aurelia schaut belustigt von ihrem Mathematikbuch auf. »Zur Weihnachtszeit in Wuppenhausen gehen Einbrecher los zum Mausen«, dichtet sie spontan.

Leo ist sichtlich beeindruckt.

»Mit einem fiesen Drachen in Wuppenhausen wird das Bowlingspiel zum Grausen«, reimt nun Johnny krumm drauflos. Aurelia schüttelt missbilligend den Kopf.

»War nur ein Versuch!«, rechtfertigt sich Johnny und lacht.

»Verstehe ich nicht. Was ist mit dem Bowling?«, fragt Leo stirnrunzelnd.

»Ach, egal. Man lässt uns nur nicht spielen«, winkt Johnny ab. Er hat keine Lust, Leo die ganze Sache zu erklären.

Doch Leo bohrt weiter. »Warum denn nicht?«, will er wissen.

»Die Frau an der Kasse meint, wir wären zu jung«, sagt Aurelia.

»Tante Rosalie?«, fragt Leo.

»Der Dra…, äh, Frau Drache? Du kennst sie?«, fragt Johnny überrascht.

»Ja, sie ist meine Patentante«, erklärt Leo. »Also mich hat sie noch nie weggeschickt, wenn ich bowlen wollte.«

»Unglaublich! Bist du eigentlich mit der ganzen Stadt verwandt?«, erkundigt sich Johnny fassungslos.

Aurelia begreift sofort, welche Gelegenheit sich ihnen gerade bietet. »Hast du vielleicht Lust, mit uns zur Bowlingbahn zu gehen?«, fragt sie.

Leo starrt Aurelia für einen Augenblick überrascht an. Er fühlt sich sichtlich geschmeichelt. »Aber gerne! Unbedingt sogar!«, ruft er schließlich. »Wie wäre es denn mit morgen sechzehn Uhr?«

Werden sie mit Leo an der Seite wirklich an Frau Drache vorbeikommen?

14.
Dezember

Johnny und Aurelia können den Nachmittag kaum erwarten. Doch die Zeit vergeht nur zäh. Johnny hat das Gefühl, dass der Schultag heute mindestens doppelt so lang wie gewöhnlich dauert.

Als sie nach Schulschluss endlich nach Hause dürfen, sitzen sie jedoch nur tatenlos herum. Für eine sinnvolle Beschäftigung sind sie zu aufgeregt. Endlich ist es sechzehn Uhr. Leo klingelt an der Tür. Als Johnny öffnet, fällt ihm sofort auf, dass Leo sich eine Überdosis Gel in die Haare geschmiert hat und auffällig nach dem Rasierwasser seines Vaters duftet.

Unter anderen Umständen hätte Johnny jetzt gelacht. Aber sowohl er als auch Aurelia sind in viel zu ernster Stimmung. Mit klopfendem Herzen fahren sie zum Einkaufszentrum und von dort in den vierten Stock. Insgeheim erwartet Johnny ein Riesendonnerwetter, weil sie schon wieder ohne elterliche Begleitung auftauchen.

Aber es kommt anders. Beim Anblick ihres Patenkindes verwandelt sich Frau Drache in ein schnurrendes Kätzchen.

»Mein Sonnenschein«, trällert sie auf seine Frage, »aber natürlich dürft ihr spielen. Wann immer ihr wollt!«

Als Johnny das Geld für die Bahnmiete auf den Tresen legen will, winkt sie energisch ab. »Ach! Kommt, lauft durch, Kinder! Ihr braucht doch nichts zu zahlen!«

Sogar die Leihschuhe bekommen die drei umsonst. Sie sehen fast ein bisschen aus wie die des Diebes, nur die Farben sind anders, nämlich grün-gelb-braun. Außerdem sieht man ihnen ihr Alter deutlich an. Sie sind wohl schon einige Jahre in Gebrauch und müffeln entsetzlich nach Desinfektionsspray.

Als sie endlich die Halle betreten, staunt Johnny nicht schlecht. Denn die Anlage ist beeindruckend groß. Mindestens zwanzig Bahnen liegen nebeneinander. Während sie langsam durch den Raum schlendern, achten Johnny und Aurelia genau auf die Schuhe eines jeden Spielers, an dem sie vorbeikommen. Aber die gesuchten Bowlingschuhe sind nicht dabei.

Zu ihrer Enttäuschung müssen sie außerdem feststellen, dass auf der Bowlingbahn nachmittags noch nicht richtig viel los ist. Weniger als die Hälfte der Bahnen ist besetzt. Aber Leo freut sich. »So ein Glück. Abends ist es hier viel zu voll. Bowling ist nämlich sehr beliebt«, sagt er und zeigt auf ein Plakat. »Großes Weihnachtsturnier am 22. Dezember um 17 Uhr«, steht darauf, sowie: »Wegen großer Nachfrage wird um rechtzeitige Anmeldung gebeten.«

»Wie funktioniert das Spiel eigentlich?«, will Johnny von Leo wissen.

»Du musst versuchen, mit der Kugel die Pins wegzukegeln«, erklärt Leo. »Dafür hast du jeweils zwei Versuche, dann werden die Pins frisch aufgestellt. Wer nach zehn Runden insgesamt am meisten Punkte hat, hat gewonnen.«

»Klingt einfach«, sagt Aurelia.

»Ist es auch!«, versichert Leo. »Babyleicht!«

Als die drei ihre Bahn erreicht haben, will Aurelia es unbedingt als Erste versuchen. Selbstbewusst nimmt sie eine der Kugeln. Diese ist allerdings überraschend schwer. Auch fällt es Aurelia nicht leicht, sie nach dem Anlauf im richtigen Moment loszulassen. So plumpst sie ihr kraftlos aus der Hand und kullert müde über die Bahn.

Auch Johnny stellt sich nicht gerade wie ein Weltmeister an. Zwar schafft er es, der Kugel den richtigen Schwung zu geben, doch schon nach wenigen Metern eiert sie in die Vertiefung neben der Bahn und hat keine Chance mehr, einen der Pins auch nur zu streifen. Beim zweiten Wurf trudelt sie noch viel früher in die Rinne.

»Alles eine Frage der Technik« erklärt Leo, der nun an der Reihe ist.

3
15
7
4
18
13
11
20
23
2
1
6
8
17
14
22
24
19
9
16
5
12
10
21

Er hat seine eigene Kugel mitgebracht, mit der er am Kopf der Bahn Aufstellung nimmt. Hier sammelt er sich kurz, dann nimmt er Anlauf. Gleich mit der ersten Kugel räumt er alle Pins ab.

Johnny und Aurelia sehen sich überrascht an.

Nun ist Aurelia wieder dran. Entschlossen nimmt sie die Kugel in beide Hände und tänzelt den Kegeln schwungholend entgegen. Tatsächlich gelingt es ihr, die Kugel auf die Bahn zu bringen, sie rollt, rollt und – ein Pin fällt! Doch die elektronische Anzeige meldet mit einem Brummton, dass der Treffer nicht gezählt wird. Aurelia hat die schwarze Linie übertreten.

»Hm, wie hat der Computer das gemerkt? Da scheint so eine Art Lichtschranke zu sein«, überlegt Johnny und untersucht den Bereich rund um die Linie.

»Kein Problem, du hast ja noch einen Wurf«, tröstet sie Leo. Doch auch der nächste geht daneben.

Auch Johnnys Versuche werden nicht kunstfertiger. Nur Leo räumt jedes Mal die Pins beim ersten oder spätestens beim zweiten Wurf allesamt ab.

Johnny und Aurelia verlieren mehr und mehr die Lust am Spiel. Aber, so tröstet sich Johnny, sie sind ja nicht zum Bowlen hier! Überhaupt: Bowlen! Das ist doch nix! Sie wollen einen Dieb fangen! Das ist entschieden wichtiger.

Deshalb legen sie zwischen den Würfen immer längere Pausen ein, in denen sie zur Toilette gehen oder sich eine Limo kaufen, um die Schuhe der Gäste zu inspizieren. Spätestens als das Spiel zu Ende ist und Leo haushoch gewonnen hat, sind sie sicher, dass der gesuchte Einbrecher nicht auf der Anlage ist.

Enttäuscht packen sie ihre Sachen zusammen. Am Ausgang setzten sie sich auf eine Bank, um ihre Schuhe zu wechseln. Johnny fühlt sich ganz müde und leer. Er möchte jetzt nur noch so schnell wie möglich nach Hause. Doch da fällt sein

Blick auf eine Bowlingtasche, die vor der Herrentoilette abgestellt wurde. Johnny traut seinen Augen nicht.

Auch Aurelia hat die Tasche entdeckt. »Guck mal!«, ruft sie aufgeregt. Denn die Tasche ist leicht geöffnet und gibt den Blick frei auf gelb-braun-orangefarbene Bowlingschuhe!

»Das sind sie!«, flüstert Johnny hitzig. »Hundertprozentig!«

Aber Aurelia hat noch etwas anderes entdeckt. Sie stürzt auf die Tasche zu und fischt eine Packung Bonbons heraus: »Zitronenlutschlakritz!«, ruft sie triumphierend.

Doch ihr Triumph währt nicht lange. Denn plötzlich steht ein Mann hinter ihr und greift nach ihrem Handgelenk. Aurelia zerrt und zappelt, doch die Hand hält sie unnachgiebig fest.

»He, was soll denn das?«, ruft Johnny und springt seiner Cousine zu Hilfe. Mit aller Kraft zieht er an Aurelias Arm, um sie freizubekommen.

»Moment mal! Du bist doch der Johnny Webermann!«, hört er da plötzlich den Angreifer sagen.

Überrascht lässt Johnny Aurelias Arm los und schaut sich den Mann genauer an. Vor ihm steht Polizeiwachtmeister Schulz!

»Warum stiehlt denn deine Freundin meine Bonbons?«, will er im strengen Ton wissen.

Johnny ist so verdattert, dass er keinen Ton herausbringt. Auch Aurelia ist verstummt. Mit schreckensweiten Augen starrt sie auf den Polizisten.

»Am besten ihr beide kommt morgen Nachmittag mal zu mir aufs Revier«, sagt Herr Schulz, während er seine Tasche schultert und Richtung Bowlingbahn strebt. »Alles klar?«

Johnny nickt.

»Alles klar«, krächzt Aurelia.

Was könnten Johnny und Aurelia als Entschuldigung vorbringen?

15. Dezember

Johnny fühlt sich an diesem Freitagmorgen so elend wie noch nie in seinem Leben. Weder Aurelia noch er haben zu Hause erzählt, was gestern vorgefallen ist. Schließlich haben Mama und Papa schon genug um die Ohren. Aber das ist nicht die ganze Wahrheit. In Wirklichkeit fürchten sie sich vor der fälligen Strafpredigt. Dabei fühlen sich die Kinder doch auch ohne sie schlimm genug.

Besonders Aurelia ist anzusehen, wie sehr sie leidet. Sie ist käseweiß im Gesicht und ihre Stimme klingt kraftlos und fiepsig. Beim Frühstück traut sie sich nicht, Mama in die Augen zu sehen.

»Was ist denn nur heute mit euch los?«, will Mama wissen, der die veränderte Stimmung aufgefallen ist.

Doch Johnny winkt ab. »Klassenarbeit«, sagt er schnell. Es ist die einzige Ausrede, die ihm einfällt.

»Aber, Aurelia, du brauchst doch keine Angst vor einer Klassenarbeit zu haben«, wundert sich Mama.

»Äh, Prüfung in Sport, meine ich«, korrigiert sich Johnny schnell. »Aurelia kann nicht mal einen Ball fangen. Sie ist eine totale Sportniete«, fügt er als Erklärung hinzu.

»Jaha. Turnen kann ich auch nicht«, fiepst Aurelia zur Bestätigung.

»Das tut mir leid«, sagt Mama und nimmt Aurelia in den Arm. »Lass dir das von Johnny doch mal zeigen! Ich wünsch dir trotzdem viel Glück!«

Auf dem Weg zur Schule sind Johnny und Aurelia sehr schweigsam. Doch irgendwann durchbricht Aurelia die Stille. »Wann ist denn eigentlich genau Nachmittag?«, will sie wissen.

»Na, nach dem Mittag«, sagt Johnny. »Vermutlich alles nach zwölf Uhr.«

»Nein, das glaube ich nicht«, widerspricht Aurelia. »Dann müssten wir ja gleich nach der Schule auf das Revier!«

»Dann vielleicht die Zeit für Kaffee, Tee und Kuchen? Also eher vier Uhr?«, schlägt Johnny vor.

»Das klingt schon besser«, sagt Aurelia und sieht Johnny verzweifelt an. Dann bricht es aus ihr heraus: »Johnny! Ich hab noch nie so in der Patsche gesessen! Statt einen Einbrecher zu fangen, stehe ich jetzt als Diebin da! Und muss zur Polizeiwache. Wenn ich gewusst hätte, worauf ich mich einlasse …« Aurelia beginnt hemmungslos zu schluchzen und kann sich kaum beruhigen. »Mit dem Detektivspielen ist jetzt ein für alle Mal Schluss! Soll der Einbrecher doch machen, was er will!«, ruft sie unter Tränen.

Johnny sieht seine Cousine erschrocken an. Dann legt er vorsichtig seinen Arm um ihre Schulter.

»Wir dürfen jetzt nicht aufgeben«, beschwört er Aurelia. »Der Einbrecher darf nicht einfach so davon kommen! Wir werden mit Herrn Schulz reden und das Missverständnis aufklären. Dann ist wieder alles gut.«

Aurelia hat aufgehört zu schluchzen. »Okay«, sagt sie schließlich und sieht Johnny dankbar an. »Dann machen wir also trotzdem weiter.« Ein zaghaftes Lächeln zeigt sich auf ihrem Gesicht.

Auch Johnny lächelt. »Ja, wir machen weiter«, sagt er.

Obwohl Johnny und Aurelia wieder zuversichtlicher sind, haben sie es nicht eilig, sich bei Herrn Schulz ihre Gardinenpredigt abzuholen. So gehen sie erst am sehr späten Nachmittag zur Polizeiwache.

Als sie Herrn Schulz Büro betreten, ist er gerade im Begriff, seine Jacke anzuziehen.

»Da seid ihr ja«, sagt er und zieht seine Jacke wieder aus. »Ich wollte gerade Feierabend machen.«

Johnny und Aurelia entschuldigen sich verlegen. Aber Herr Schulz winkt ab und bittet die beiden, Platz zu nehmen.

POLIZEI

»So, dann schießt mal los, Kinder«, sagt er, während er sich abwartend mit verschränkten Armen auf seinem Bürostuhl zurücklehnt. »Was war denn das für eine Aktion? Dass man nicht so einfach an die Taschen fremder Leute gehen darf, das wisst ihr schon, oder?«

Johnny und Aurelia nicken heftig. »Entschuldigung. Ja das wissen wir natürlich«, sagt Aurelia.

»Aber da waren die Schuhe!«, fügt Johnny hinzu.

»Was denn für Schuhe?«, will Herr Schulz wissen.

»Na, die von dem Mann, der mir meinen Rucksack gestohlen hat und auch der Einbrecher ist«, sagt Johnny.

Herr Schulz zieht die Augenbrauen hoch und lehnt sich nun interessiert vor. »Sag bloß!«, ruft er. »Aber warum hast du denn das damals nicht gesagt, dass der Dieb Bowlingschuhe trägt?«

»Sie haben mich ja nicht gefragt!«, antwortet Johnny und fügt versöhnlicher hinzu: »Da wusste ich außerdem noch nicht, dass es sich um Bowlingschuhe handelt.«

»Und warum sollen der Mann und der Einbrecher ein und dieselbe Person sein?«, fragt Herr Schulz und betrachtet Johnny und Aurelia aufmerksam. »Wie kommt ihr darauf?«

Johnny und Aurelia tauschen einen kurzen Blick. Dann erzählt Aurelia von ihren Beobachtungen auf dem Rathausplatz.

»Das Zitronenlutschlakritz zusammen mit den Bowlingschuhen war einfach verdächtig«, schließt sie ihren Bericht.

»Da könnte etwas dran sein«, bestätigt Herr Schulz und seufzt. »Dieser Einbrecher verhagelt uns hier auf dem Revier ganz schön die Adventszeit. Die Kollegen vom Einbruchsdezernat sind völlig genervt. Erst gestern hat er wieder zugeschlagen. Diesmal in der Buchhandlung!«

»Aber jetzt gibt es ja eine Spur«, ruft Johnny stolz. »Der Einbrecher spielt Bowling! Da ist es doch leicht, ihn anhand der Schuhe zu überführen! Vielleicht kennen sie ihn sogar!«

Herr Schulz schüttelt energisch den Kopf.

»Nein, also von meinen Bowlingfreunden ist mit Sicherheit keiner der Einbrecher. Und das Dumme ist: Jeder Bowlingspieler, der etwas auf sich hält, trägt diese Schuhe! Ja, sogar ich, wie ihr nun wisst«, erklärt Herr Schulz.

Johnny sinkt bei diesen Worten der Mut. Er dachte, die Schuhe wären eine sensationelle und einzigartige Spur!

Herr Schulz sieht die Kinder mit einem bedauernden Blick an. Für einen Moment legt sich ein ratloses Schweigen über den Raum.

Dann räuspert sich Aurelia und ergreift wieder vorsichtig das Wort: »Gibt es denn schon eine Theorie, wie der Einbrecher die Alarmanlagen austrickst?«

»Ach, das ist doch nun wirklich kein Geheimnis«, erklärt da Herr Schulz zu Johnnys und Aurelias Überraschung.

»Wie meinen Sie das?«, fragt Johnny.

Doch Herr Schulz antwortet nicht sofort. Er schaut auf seine Uhr und greift wieder nach seiner Jacke. »Jede Alarmanlage kann ausgetrickst werden. – Aber es tut mir leid, Kinder, ich muss jetzt wirklich los. Zu Hause wartet das Abendessen.«

Als er jedoch in Johnnys und Aurelias enttäuschte Gesichter sieht, fügt er hinzu: »Wisst ihr was? Am Wochenende habe ich auch Dienst. Aber da ist meistens nicht viel los. Wenn ihr mir ein Tütchen von dem Zitronenlutschlakritz, das immer so schnell ausverkauft ist, mitbringt, dürft ihr gerne noch einmal vorbeikommen. Am besten morgen oder übermorgen, wie es euch passt. Dann erzähl ich euch, was für Tricks diese Verbrecher so haben.«

Werden Aurelia und Johnny morgen den entscheidenden Tipp vom Wachtmeister bekommen?

16. Dezember

Johnny fühlt sich, als sei ihm ein sehr großer Stein vom Herzen gerollt. Auch Aurelia sieht wieder glücklich aus. In ihren rosafarbenen Morgenrock gehüllt, deckt sie fröhlich summend den Frühstückstisch für die Familie.

»Na, war die Sportprüfung gestern doch nicht so schwer?«, fragt Mama lächelnd, als sie hinzukommt. Aurelia schüttelt den Kopf: »Ganz einfach«, sagt sie und grinst in sich hinein.

»Aurelia hat mit Bestnote bestanden«, fügt Johnny hinzu.

»Das ist aber schön«, freut sich Mama.

Im nächsten Moment kommt auch Fipsi in die Küche gelaufen und schaut treuherzig zu den Kindern hoch. Am treuherzigsten schaut er aber zu Mama, denn er hält sie – zu Recht – für die Gebieterin des Dosenöffners. Unter seinem herzerweichenden Blick lässt Mama auch tatsächlich sofort alles stehen und stellt ihm einen Napf mit Futter hin. Johnny muss bei dieser Szene kichern. Fipsi hat Mama also bereits perfekt dressiert, denkt er.

Kaum ist der Kaffee fertig, erscheint auch Papa in der Küche. Er schläft am Wochenende gerne besonders lange aus. Paulchen lässt allerdings auf sich warten, obwohl er schon seit Sonnenaufgang hellwach ist. Er hat sich zwar bemüht, nur auf Zehenspitzen durch die Wohnung zu laufen. Aber irgendwie hat er es geschafft, trotzdem Krach zu machen und Johnny immer wieder zu wecken. Johnny will ihm deshalb nachher noch den Kopf waschen.

Aber im Moment genießt er erst einmal das gemeinsame Frühstück mit der Familie. Mama erzählt von ihrem langen Telefonat mit Tante Evi, die froh ist, dass Aurelia hier gut aufgehoben ist. Ihr Knöchel, so berichtet Mama, ist auf dem besten Weg der Heilung.

Nach dem Frühstück räumt Johnny zusammen mit Aurelia den Tisch ab und setzt die Spülmaschine in Gang. Beide sind bester Dinge. Denn immerhin werden sie heute geheimstes Geheimwissen erfahren. Von einem Fachmann!

»Jetzt brauchen wir nur noch eine Tüte Zitronenlutschlakritz. Dann können wir aufs Revier«, freut sich Johnny, als sie mit dem Aufräumen fertig sind.

»Aber ist das nicht irgendwie auch Bestechung?«, gibt Aurelia zu bedenken.

»Beamtenbestechung? I wo!«, wiegelt Johnny ab. »Wir sind ja keine Verbrecher!«

Aurelia strahlt von einem Ohr zum anderen. »Ja, wir sind die Guten!«, lacht sie. »Du kannst dir nicht vorstellen, wie froh ich darüber bin!«

Bestens gelaunt verschwindet Johnny ins Bad, um sich fertig zu machen. Aurelia striegelt sich zur Feier des Tages ihr Haar besonders sorgfältig und steckt es mit einer federgeschmückten Haarspange nach oben. Keine halbe Stunde später sind sie bereit aufzubrechen. Doch als sie bereits in Schuhen und Mänteln Mama um eine Tüte Zitronenlutschlakritz bitten, werden sie enttäuscht. Denn Mama hebt nur abwehrend die Hände. »Aber davon habe ich überhaupt keine einzige Tüte mehr!«, ruft sie.

Johnny und Aurelia sehen sie fassungslos an. Dass ihnen die guten Geschäfte des Ladens einen Strich durch die Rechnung machen würden, hatten sie nicht erwartet.

»Es war doch so viel Trubel in der letzten Zeit«, erklärt Mama. »Ich bin immer noch nicht dazu gekommen, neue Bonbons zu machen!«

»Und du hast auch keine irgendwo versteckt?«, fragt Aurelia. »In irgendeiner Schublade oder so?«

Mama schüttelt bedauernd den Kopf. »Ich glaube nicht.«

»Kannst du noch schnell welche machen?«, fragt Johnny. Seine Stimme klingt flehend.

»Ich wusste gar nicht, dass auch ihr so versessen auf das Lakritz seid. Ich dachte, nur Paulchen futtert das Zeug tütenweise«, wundert sich Mama. Doch dann schüttelt sie zum wiederholten Mal den Kopf. »Das Bonbonmachen ist gar nicht so einfach und Lakritzmachen erst recht! Das dauert seine Zeit!«

Als sie die verzweifelten Gesichter der Kinder sieht, fügt sie beruhigend hinzu: »Aber wir können nach dem Mittag ins Naschkätzchen gehen und gucken, ob sich dort noch eine Tüte findet.«

»Erst nach dem Mittag?« Johnny kann seine Enttäuschung kaum verhehlen. Aber er muss sich gedulden. Das fällt nicht nur ihm schwer. Aurelia zieht sich nach dem Gespräch in ihr Zimmer zurück, um Geige zu üben. Doch sie scheint nicht ganz bei der Sache zu sein. Noch nie hat Johnny sie so falsch spielen gehört.

Gleich nach dem Mittagessen drängen Johnny und Aurelia Mama, mit ihnen zum Naschkätzchen zu gehen. Aber tatsächlich ist kein einziges Beutelchen mehr vorrätig.

Johnny ist bitter enttäuscht. Fieberhaft überlegt er, wo er das Lutschlakritz noch auftreiben könnte. Aber ihm fällt nichts ein.

Bereits am frühen Abend zieht sich Johnny unglücklich in sein Zelt zurück. Er möchte in Ruhe lesen. Aber Paulchen ist noch zu aufgedreht. Johnny hört ihn unentwegt ins Zimmer laufen und die Türe knallen.

Schließlich krabbelt Johnny aus dem Zelt und herrscht seinen Bruder barsch an: »Jetzt sei doch nicht immer so laut!«

Paulchen erschrickt. Für einen Augenblick sieht es so aus, als würde er anfangen zu weinen.

»Was hab ich denn getan?«, jammert er.

Johnny hat sofort Mitleid. »Nichts«, sagt er und nimmt Paulchen entschuldigend in die Arme. »Ich bin nur so gereizt wegen des dummen Zitronenlutschlakritz!«

»Was ist denn damit?«, will Paulchen wissen.

»Es ist alle«, sagt Johnny. »Dabei bräuchte ich nur eine einzige Tüte! Und alles wäre gut! Aber offenbar futtert jeder das Lakritz sofort auf, sobald er es in die Finger bekommt.«

»Echt?« Paulchen sieht seinen Bruder mit großen Augen an. Dann nimmt er Johnny an die Hand und führt ihn zu seiner großen Spielzeugtruhe. Johnny sieht seinen Bruder verwundert an. Denn vor wenigen Tagen durfte er sich der Truhe nicht einmal nähern. Doch dann überkommt Johnny eine Ahnung.

»Hast du etwa …«, fragt er hoffnungsvoll.

Doch Paulchen wühlt nur schweigend in der Kiste. Dann zieht er ein gelbes Plastikköfferchen aus der Tiefe hervor. Das Köfferchen hat ein kleines Zahlenschloss. Johnny sieht seinen Bruder fragend an.

»Da sind meine Schätze drin«, erklärt Paulchen.

»Und warum das Schloss?«, will Johnny wissen.

»Na, damit kein Einbrecher meine Sachen klaut«, sagt Paulchen und dreht an der Zahlenkombination. Johnny erkennt, dass Paulchen »Null-Null-Null« einstellt, und muss schmunzeln.

»Ist das nicht ein bisschen zu einfach?«, erkundigt er sich.

»Das ist so einfach, dass kein Einbrecher jemals draufkommt«, sagt Paulchen stolz und hebt feierlich den Deckel. Im Köfferchen liegen eine besonders schöne Murmel, eine Stoffmaus, eine herausgerissene Seite aus einem Comic – und eine Tüte Zitronenlutschlakritz!

»Hier«, sagt Paulchen und reicht Johnny die Tüte. »Für dich.«

Johnny kann sein Glück kaum fassen. »Danke, Paulchen, du bist der Beste«, strahlt er.

Was wird der Polizist Johnny und Aurelia über die Tricks von Einbrechern verraten?

17. Dezember

An diesem Sonntagmorgen kreisen Johnnys Gedanken nur um den Besuch auf der Polizeiwache. Gleich nach dem Frühstück machen Aurelia und er sich auf den Weg.

Als sie das Büro betreten, werden sie von Herrn Schulz mit strahlenden Augen empfangen. Sein Blick wandert allerdings sofort hinab zu ihren Händen, ob sie auch tatsächlich das gewünschte Lakritz mitgebracht haben. Dass die Bonbonkunst seiner Mama ihm einmal die Türen zu exklusivem Polizeiwissen öffnen würde, hätte Johnny nie gedacht. Mit einem Grinsen überreicht er Herrn Schulz die Tüte.

»Danke, wunderbar«, freut sich der Polizist. »Nach dem Zeug kann man regelrecht süchtig werden.«

»Ja, das Lutschlakritz ist sehr gefragt«, bestätigt Johnny.

»Aber setzt euch doch«, sagt Herr Schulz und bietet den Kindern zwei Stühle an. Dann nestelt er gierig die Tüte auf und steckt sich ein Lakritz in den Mund.

»Warum seid ihr noch mal genau hier?«, will er wissen, während er genüsslich sein Lakritz lutscht.

»Sie wollten uns etwas von den Einbrechertricks erzählen«, sagt Johnny.

»Ja, genau«, erinnert sich Herr Schulz und nickt.

Johnny und Aurelia rutschen aufgeregt auf ihren Stühlen hin und her und sehen Herrn Schulz erwartungsvoll an.

»Eine der wichtigsten Gesetzmäßigkeiten im Polizeialltag lautet«, erklärt Herr Schulz und hebt dabei den Zeigefinger: »Das Verbrechen schläft nicht! Die Gangster finden immer einen Weg. Da hilft das beste Alarmsystem nicht!«

»Wie meinen Sie das?«, fragt Johnny verunsichert.

»Damit meine ich, dass kaum etwas wirklich perfekt ist, besonders Alarmanlagen haben ihre Achillesferse. Und Einbrecher haben nichts Besseres zu tun, als diese Achillesferse zu finden!«

»Sie meinen die Schwachstelle?«, hakt Aurelia nach.

»Ja, ich gebe euch ein Beispiel: Es gibt verschiedene Arten von Alarmanlagen. Einige reagieren auf Körperwärme. Also, ein Melder prüft, ob sich ein menschlicher Körper, der bekanntlich Wärme ausstrahlt, im Raum bewegt. Eigentlich sehr raffiniert.«

»Genau wie unsere Anlage im Naschkätzchen«, ruft Johnny.

»Und trotzdem ist der Einbrecher offenbar daran vorbeigekommen«, bestätigt Herr Schulz. »Habt ihr vielleicht eine Idee, wo die Schwachstelle dieser Methode liegen könnte?«, fragt er.

Zu Johnnys Überraschung hat Aurelia sofort eine Idee.

»Man müsste als Einbrecher irgendwie verhindern, dass man Körperwärme ausstrahlt«, überlegt sie.

Herr Schulz sieht Aurelia anerkennend an. »Du bist ein kluges Mädchen! Hast du eine Idee, wie das ginge?«

»Ein Vampir könnte …!«, ruft Johnny aufgeregt, wird aber ganz leise, als er Aurelias entgeisterten Blick sieht.

»Also man müsste versuchen, die Körperwärme abzuschirmen. Vielleicht mit einem Raumanzug?«, überlegt Aurelia.

Herr Schulz nickt zustimmend. »Ja, das wäre vielleicht eine Lösung.« Dann steht er auf und geht hinüber zum Fenster. »Am einfachsten geht es aber mit dem hier«, sagt er und klopft gegen die Scheibe. »Wenn man eine Glasscheibe vor sich herträgt, dringt die Wärmestrahlung des Körpers nämlich nicht durch. Die Alarmanlage merkt nichts und bleibt stumm!«

Aurelia und Johnny staunen über diesen simplen Trick. Aber darauf muss man erst mal kommen! Johnny nimmt sich sofort vor, in nächster Zeit im Unterricht doch etwas besser aufzupassen. Offenbar kann man doch Brauchbares lernen!

»Aber natürlich gibt es auch Alarmanlagen, die mit Infrarotlicht funktionieren. Da würde eine Glasscheibe überhaupt nicht nutzen«, erzählt Herr Schulz weiter. »Diese arbeiten nämlich nach einem anderen Prinzip.«

»Die funktionieren wie eine Lichtschranke. Also, wenn der unsichtbare Lichtstrahl unterbrochen wird, geht der Alarm los«, sagt Aurelia. Zur Erklärung fügt sie hinzu: »Genauso funktionieren Türen, die sich automatisch öffnen und schließen. Und die Anlage auf der Bowlingbahn, wenn man die schwarze Linie übertritt …«

»Ach das, wo man die Strahlen nicht sehen kann? Nur mit einem Nachtsichtgerät?«, fragt Johnny. »Das gab es mal in einem Film. Da haben sich die Einbrecher über das Dach abgeseilt …«

»Ja, ihr habt recht«, bestätigt Herr Schulz. »Aber auch hier braucht man keine Weltraumtechnik. Es gibt eine einfachere Möglichkeit. Ich kann nämlich so einen Strahl im Dunkeln auch sichtbar machen, indem ich etwas Wasser mit einer Blumenspritze verspritze. Oder Rauch oder Nebel erzeuge. Manchmal sieht man den Strahl sogar, wenn man Sand oder Staub aufwirbelt.«

Johnny und Aurelia sind nun wirklich sprachlos. Dass sich diese Alarmanlagen ganz ohne ausgeklügelte Technik umgehen lassen, erschüttert sie sichtlich.

»Aber dann kann man sich ja nie richtig schützen«, stellt Johnny verunsichert fest.

»Doch, doch, ganz so ist es ja nicht«, beruhigt ihn Herr Schulz. »Eine Alarmanlage schreckt nämlich vor allem ab, weil sie das Risiko erhöht und es doch sehr viel Aufwand bedeutet, trotzdem einzubrechen. Und eine Alarmanlage ist natürlich deutlich schwerer zu knacken, wenn sie ein Fachmann eingebaut hat.«

Doch Johnny und Aurelia fühlen sich durch diese Worte nicht wirklich beruhigt. Als Herr Schulz ihre verstörten Blicke sieht, fügt er hinzu: »Der sicherste Schutz sind aber in jedem Fall aufmerksame Nachbarn. Denn meistens spionieren Einbrecher die Umgebung vorher aus. Sie beobachten die Gewohnheiten ihrer Opfer: wann sie zu Hause sind, ob sie in Urlaub fahren …«

»Unser Einbrecher spionierte auch vorher herum!«, bestätigt Johnny. »Er saß in seinem Auto vor dem Blumenladen und hat auf die günstigste Gelegenheit gewartet.«

»Ob er das beim Einbruch ins Naschkätzchen auch gemacht hat?«, überlegt Aurelia.

»Wie dem auch sei. Darum kümmern sich die Kollegen vom Einbruchsdezernat«, sagt Herr Schulz und erhebt sich, um die Kinder zur Tür zu bringen. »Ich hoffe, ich konnte euch ein bisschen helfen.«

»Aber sicher!«, bedanken sich Johnny und Aurelia überschwänglich.

Auf dem Nachhauseweg laufen die beiden schweigend nebeneinanderher. Vor der Haustür ergreift Aurelia dann endlich das Wort: »Also Herr Schulz sagte, der beste Schutz seien die Nachbarn?«

»So habe ich es verstanden«, antwortet Johnny seufzend. »Bei uns hat das ja nicht geklappt. Zumindest hat die Nachbarin nichts unternommen.«

»Ja, zu dumm«, bestätigt Aurelia. »Ich frage mich aber, ob ihr nicht vielleicht doch mehr aufgefallen ist. Vielleicht nicht am Tattag. Sondern unmittelbar oder ein paar Tage vor dem Einbruch, als der Dieb das Naschkätzchen ausspioniert hat. Vielleicht hat sie nur niemand danach gefragt?«

»Na, dann sollten wir das vielleicht tun, Frau Meisterdetektiv«, ruft Johnny und schmeißt mit einem Schneeball nach seiner Cousine – die sich prompt revanchiert.

Was sollten die beiden die Nachbarin am besten fragen?

18. Dezember

Für Johnny und Aurelia ist es völlig klar, dass sie bei Frau Fürstenbrunn persönlich nachfragen werden, ob ihr nicht doch noch etwas Verdächtiges rund um die Tage des Einbruchs aufgefallen ist.

Doch zuvor wird Johnny in der Schule mit Schrecken bewusst, dass es wirklich nur noch wenige Tage bis Weihnachten sind. Die meisten Lehrer und Schüler sind schon in vorweihnachtlicher Stimmung. Denn am Ende der Woche beginnen die Weihnachtsferien!

Der eine oder andere Lehrer scheint mit seinen Gedanken sogar bereits im Urlaub zu sein. Überall wird nur sehr entspannt unterrichtet. Das Erstaunlichste aber ist, dass Herr Dillinger, Johnnys griesgrämiger Mathelehrer, überhaupt nicht zum Unterricht auftaucht. Stattdessen erscheint der Direktor, Herr Kranich, als Vertretung. »Was für eine Überraschung für uns alle«, sagt er zur Begrüßung »Herr Dillinger hat am Wochenende im Lotto gewonnen. Gleich heute früh hat er gekündigt.«

Sofort bricht unbeschreiblicher Jubel in der Klasse aus. Herr Kranich muss lachen. »Es ist schön, dass ihr euch so für Herrn Dillinger freut.«

Aber Johnny jubelt natürlich, weil er glaubt, dass der Unterricht ausfällt. Aber da hat er die Rechnung ohne Herrn Kranich gemacht. »Wisst ihr denn, wie hoch die Wahrscheinlichkeit ist, im Lotto zu gewinnen?«, fragt er und dreht sich sogleich an die Tafel, um es für alle vorzurechnen. Die Formel besteht aus Multiplikationen, unübersichtlich vielen Klammern und Bruchstrichen. Aurelia scheint die Einzige in der Klasse zu sein, die der Rechnung noch folgen kann. Johnny versteht nur so viel, dass es sehr, sehr unwahrscheinlich ist. »Es gibt fast 14 Millionen Kombinationen für sechs richtig gezogene Zahlen«, ruft Herr Kranich und rechnet vor Begeisterung wie ein Wilder. In immer schnellerem Tempo bringt er ständig neue Beispiele an: »Wie sieht es denn aus mit einem Zahlenschloss?«, fragt er. »Es werden vier Ziffern gesucht – aber diesmal noch in der richtigen Reihenfolge!«

Da keiner der Schüler sofort die richtige Antwort weiß, nennt sie Herr Kranich einfach selbst: 10 hoch 4! Also 10 mal 10 mal 10 mal 10. Das ergibt eine Wahrscheinlichkeit von 1 zu 10 000. Also 10 000 Versuche, um das Schloss zu knacken.«

Johnny hat längst aufgehört zuzuhören. Deshalb ist er froh, als Herr Kranich zum Ende der Stunde gesteht: »Aber das braucht ihr alles noch nicht zu wissen. Diese spannenden Sachen kommen erst in einem höheren Schuljahr dran!«

Als sich Johnny mit Aurelia zur Kurpromenade aufmacht, raucht ihm trotzdem noch der Kopf. Dabei möchte er sich jetzt vor allem auf das Gespräch mit Frau Fürstenbrunn konzentrieren.

Etwas nervös klingeln sie an ihrer Tür. Es öffnet ihnen eine vornehme ältere Dame mit grauen Haaren. Sie trägt eine auffällige Kette aus dicken Perlen um den Hals.

»Wir wollten nur kurz fragen, ob Sie vielleicht *vor* dem Einbruch etwas Verdächtiges bemerkt haben. Zum Beispiel jemanden, der das Naschkätzchen beobachtet hat«, erklärt Aurelia, nachdem sie sich vorgestellt haben.

»Vielleicht haben Sie ein Auto gesehen, das besonders lange vor der Tür geparkt hat«, ergänzt Johnny.

»Nein, das tut mir leid«, bedauert Frau Fürstenbrunn. »Dabei habe ich die ganze Kurparkpromenade im Blick. Vom Salon aus kann ich bis zum Rathausplatz sehen. Schaut selbst«, sagt sie und führt die Kinder in ihr Wohnzimmer.

Johnny und Aurelia staunen nicht schlecht. Denn sie betreten eine herrschaftliche Altbauwohnung mit mindestens zehn Zimmern. In zahllosen Vitrinen stehen kostbare Vasen, an den Wänden hängen Ölgemälde.

Als sie den *Salon* betreten, fällt Johnnys Blick auf eine aufwendige Stickerei, die auf dem Wohnzimmertisch liegt. Sie ist noch nicht ganz fertig und zeigt eine Ansicht von Wuppenhausen. Das Bild ist von silbernen und goldenen Fäden durchzogen.

»Nehmen Sie etwa auch am Wettbewerb teil?«, fragt Johnny überrascht.

»Aber ja«, bestätigt Frau Fürstenbrunn. »Wer macht das nicht?«

Aurelia sieht sich die Handarbeit genauer an. »Das ist ganz schön viel Aufwand«, stellt sie fest. »Ist das echtes Gold und Silber?«

»Na ja, nicht ganz«, sagt Frau Fürstenbrunn. »Aber wenn man gewinnen will, muss man natürlich auch etwas bieten. Da heißt es: Nicht kleckern, sondern klotzen. Meine Devise ist ja immer: Am wichtigsten ist Liebe, Zeit und Geld.«

Hoffentlich sehen das nicht alle so, denkt Johnny. Denn sonst braucht er sich mit seinem kleinen Film keine großen Chancen auszumalen.

Mit einem flüchtigen Blick überzeugen sich Johnny und Aurelia, dass die Aussicht aus dem Salonfenster tatsächlich sensationell ist. Dann verabschieden sie sich schnell.

»Eines frage ich mich natürlich«, sagt Aurelia, als sie die Treppe zum Naschkätzchen hinabsteigen. »Warum bricht der Dieb eigentlich ins Naschkätzchen ein, wenn wir eine Alarmanlage haben, die ihn abschrecken soll, und nicht bei so jemandem wie Frau Fürstenbrunn, bei der so viele teure Sachen herumstehen?«

»Ja, das ist komisch«, gesteht Johnny. »Aber offensichtlich geht es ihm nur um bares Geld. Er bricht ja immer nur in Geschäfte ein und klaut aus der Kasse, was da ist. Mit Vasen und Ölgemälden kann er nichts anfangen.«

»Er hat also keine Ahnung, wie er gestohlene Sachen zu Geld machen kann. Oder es ist ihm zu kompliziert«, hält Aurelia fest.

»Es ist wirklich verflixt verwirrend«, flucht Johnny, gerade als sie das Naschkätzchen betreten. Mama schaut Johnny überrascht an.

»Rätselt ihr immer noch über den Einbruch?«, will sie wissen.

»Ein bisschen«, sagt Johnny. »Wir haben aber schon ziemlich viel herausgefunden. Zum Beispiel, wie es der Einbrecher geschafft hat, an unserer Alarmanlage vorbeizukommen. Man braucht nämlich nur eine Glasscheibe!«

»Verstehe ich nicht«, wundert sich Mama und schüttelt den Kopf. »Was wollte er denn mit einer Glasscheibe? Er hat doch, gleich nachdem die Tür aufgebrochen war, als Allererstes die Alarmanlage ausgeschaltet.«

Johnny und Aurelia sehen sich überrascht an.

Dann ruft Aurelia: »Oh nein! Warum sagst du das erst jetzt?«

Doch Mama guckt nur verständnislos. »Das hat die Spurensicherung festgestellt. Ich wusste nicht, dass euch auch solche Details interessieren«, rechtfertigt sie sich.

»Wie hat der Einbrecher das bloß gemacht?«, fragt Johnny.

»Das hat Herr Kranich heute doch erklärt«, sagt Aurelia und verzieht ihren Mund zu einem schiefen Lächeln.

»Echt?«, wundert sich Johnny. »Wie denn?«

»Na, ganz einfach! Der Einbrecher hat zehntausend Zahlenkombinationen durchprobiert«, erklärt sie. »Dann war die Anlage ausgeschaltet.«

Hat der Einbrecher wirklich auf diese Art die Anlage ausgeschaltet?

19. Dezember

Johnny hat am gestrigen Abend noch lange überlegt, wie der Einbrecher die Alarmanlage ausgestellt haben könnte. Denn mit zehntausendfachem Probieren ist es ihm sicherlich nicht gelungen. Das hätte viel zu viel Zeit in Anspruch genommen! Auch Aurelia ist natürlich klar, dass der Einbrecher es irgendwie anders angestellt haben muss. Doch weder Johnny noch Aurelia haben die kleinste Idee, wie.

»Das ist eindeutig wieder Spezialprofiwissen«, meint Aurelia, als sie auf dem Weg zur Schule sind. »Da kommen wir als Laien nie im Leben drauf.«

»Dann sollten wir am besten wieder jemanden fragen, der etwas davon versteht«, schlägt Johnny vor. Aurelia ist sofort einverstanden, und so verabreden sie, am Nachmittag noch einmal Herrn Schulz aufzusuchen.

In der Schule bittet aber Johnny heute zunächst seine Klassenlehrerin, Frau Blischke, um technische Hilfe. Denn er möchte die Aufnahmen auf dem Videoband in den Computer übertragen. Denn so kann er die Bilder auf einem der Schulcomputer auf ganz einfache Weise in die richtige Reihenfolge bringen und mit Musik unterlegen.

»Einen Film *schneiden*«, heißt das«, erklärt Frau Blischke und zeigt Johnny am Computer genau, wie es geht. Dann reserviert sie Johnny jeweils für die siebente Stunde einen Platz am Computer, sodass er seinen Film in Ruhe bearbeiten kann. Nun steht der Fertigstellung seines Projektes eigentlich nichts mehr im Wege. Allerdings muss sich Johnny etwas beeilen. Denn bereits am 23. Dezember werden alle Projekte, die am Wettbewerb teilnehmen, im großen Rathaussaal vorgestellt. Alle Wuppenhausener dürfen kommen und gemeinsam per Abstimmungszettel entscheiden, wer gewinnt.

Da Aurelia schon früher Schulschluss hat, verabreden sich die beiden direkt vor dem Polizeirevier.

Doch Johnny und Aurelia werden, als sie Herrn Schulz' Büro betreten, enttäuscht. Denn sein Platz ist leer. Am gegenüberliegenden Schreibtisch sitzt eine junge Polizistin.

»Der Kollege ist schon im Weihnachtsurlaub«, sagt sie.

»Aber wir müssen ihn ganz dringend sprechen«, sagt Aurelia. »Wissen Sie vielleicht, wo er wohnt?«

Die Beamtin schüttelt amüsiert den Kopf. »Das darf ich euch nicht sagen, Kinder! Das ist viel zu privat!«

Aurelia und Johnny senken traurig die Köpfe. Doch gerade als sie unglücklich aus dem Büro trotten wollen, fasst sich die Polizistin ein Herz und ruft sie zurück: »Wartet mal, Kinder. Die Adresse kann ich euch wirklich nicht sagen. Aber wenn ihr Herrn Schulz treffen wollt, gebe ich euch gerne einen Tipp. – Am 22. Dezember ist doch das große Bowlingturnier ...«, sagt sie.

Johnny und Aurelia nicken erwartungsvoll. Über das Turnier wissen sie bereits Bescheid.

»Ich könnte mir gut vorstellen, dass Herr Schulz gerade auf der Bowlingbahn ist, um noch kräftig zu trainieren«, fährt die Polizistin fort und nickt den Kindern aufmunternd zu.

Johnny und Aurelia bedanken sich überschwänglich und rennen sofort los. Erst, als sie völlig aus der Puste sind, halten sie an.

»Was haben wir doch für ein Glück«, freut sich Aurelia, während sie nach Luft japst.

»Ja, aber wenn wir mit Herrn Schulz sprechen wollen, müssen wir auch wieder an dem Drachen vorbei«, fällt es Johnny plötzlich siedend heiß ein.

Für einen Moment guckt auch Aurelia erschrocken. Doch dann winkt sie ab.

»Lass und doch erst einmal abwarten«, sagt sie beruhigend. »Wir grüßen sie einfach von Leo.«

Zu Johnnys Überraschung funktioniert Aurelias Idee tatsächlich. Frau Drache reagiert auf den Gruß ihres Patensohnes mit derartiger Verzückung, dass sie Johnny und Aurelia den Zutritt auf die Bowlingbahn mit größter Freude gewährt. Aurelia und Johnny müssen nicht einmal eine Bahn mieten, sondern sich lediglich die Schuhe ausleihen.

Mit heftig klopfendem Herzen schaut sich Johnny in der Anlage um. Da entdeckt er ihn! Der Tipp der Polizistin war tatsächlich goldrichtig! Herr Schulz sitzt gemütlich am Ende seiner Bahn und wartet auf seinen Einsatz. Neben ihm steht einer seiner Bowlingfreunde. Er trägt das gleiche bunte Hemd wie Herr Schulz. Offenbar sind sie ein Team.

Als Herr Schulz Johnny und Aurelia entdeckt, springt er sofort auf und geht ihnen entgegen. »Dass wir uns so schnell wiedersehen …«, sagt er lächelnd.

»Es tut uns leid, dass wir Sie stören«, sagt Aurelia hastig. »Aber wir haben noch eine wichtige Frage.«

»Der Einbrecher hat nämlich die Zahlenkombination bei unserer Alarmanlage geknackt. Wir müssen unbedingt wissen, wie er das gemacht hat!«, erklärt Johnny.

Doch Herr Schulz zuckt nur ratlos die Achseln. »Da habe ich allerdings auch keine Ahnung.« Dann zeigt er auf seinen Teamkollegen. »Also, wenn jemand das weiß, dann der Hugo, er ist nämlich Wuppenhausens bester Alarmanlagenmonteur«, sagt er. Als Herr Schulz mit Johnny und Aurelia im Schlepptau auf Hugo zusteuert, ruft er: »He, Hugo! Hast du nicht auch bei Webermanns die Alarmanlage eingebaut?«

Johnny und Aurelia sehen Hugo überrascht an, der ihnen für einen Augenblick ebenfalls überrascht entgegenstarrt. »Kann schon sein«, brummt er dann mürrisch.

Johnny fühlt sofort Misstrauen in sich aufsteigen. Sein Blick wandert hinab zu Hugos Füßen. Doch Hugo trägt viel neuere und modischere Bowlingschuhe als Herr Schulz oder der Einbrecher.

»Stell dir vor, bei Webermanns im Naschkätzchen hat ein Einbrecher nämlich die Alarmanlage einfach ausgeschaltet«, erzählt Herr Schulz.

Doch Hugo schüttelt nur den Kopf. »Das kann nicht sein. Ausgeschlossen.« Dann steht er auf und schultert seine Bowlingtasche. »Ich muss jetzt los«, sagt er und wendet sich zum Gehen. Herr Schulz verstellt ihm empört den Weg. »Das geht nicht, wir müssen doch noch üben fürs Turnier! Wie sollen wir denn gewinnen, wenn du immer an deinem Weihnachtsprojekt arbeitest?« Das Wort *Weihnachtsprojekt* setzt er dabei mit einer kleinen Geste von Zeige- und Mittelfinger in Anführungszeichen.

»Geht halt nicht anders«, sagt Hugo und stapft grimmig ohne jeden Gruß an Herrn Schulz vorbei Richtung Ausgang.

Der schüttelt enttäuscht den Kopf. »Also ich habe ja schon mitbekommen, dass hier einige Mitbürger den Weihnachtswettbewerb sehr wichtig nehmen. Aber im Vergleich zu denen ist Hugo regelrecht besessen.«

»Was hat er denn für ein Projekt?«, will Aurelia wissen.

Herr Schulz zuckt mit den Achseln. »Keine Ahnung. Was Sensationelles, sagt er. Aber er hält es vor allen geheim. Ist schon ein komischer Kauz ...«

Johnny und Aurelia sehen sich mit einem wissenden Blick an. Für beide steht fest, wen sie morgen einmal genauer unter die Lupe nehmen wollen.

Wie könnte es den beiden gelingen, mehr über Hugo zu erfahren?

20.
Dezember

Gestern waren Mama und Papa noch bis in den späten Abend unterwegs. Johnny hat den Verdacht, dass sie nach passenden Weihnachtsgeschenken gesucht haben. Dabei wäre ihm nichts lieber gewesen, als seine Eltern sofort über Hugo auszufragen. So mussten Aurelia und er sich gedulden.

»Mama, erinnerst du dich an den Mann, der im Naschkätzchen die Alarmanlage eingebaut hat?«, fragt Johnny, während sie beim Frühstück sitzen.

»Herr Kloppmann?«, fragt Mama zurück. »Ja, wieso?«

»Wir haben ihn gestern zufällig getroffen. Ich finde, er macht einen ziemlich komischen Eindruck«, sagt Aurelia.

Mama lacht. »Seid ihr noch immer auf Einbrecherjagd? Sagt bloß!«

Doch als sie Johnnys und Aurelias gekränkte Blicke sieht, entschuldigt sie sich. »Tut mir leid, ich musste nur lachen, weil ich Herrn Kloppmann wirklich keinen Einbruch zutraue. Das ist so ein netter Mann! Während er die Alarmanlage eingebaut hat, haben wir uns wirklich toll unterhalten.«

»Also ich fand ihn gestern eher maulfaul«, wirft Aurelia ein.

Aber Mama schüttelt energisch den Kopf. »Aber nein!«, ruft sie. »Er hat sich ja auch für alles interessiert! Für euch Kinder, wann ihr Geburtstag habt, einfach für alles. Dann habe ich ihm die langweilige Geschichte erzählt, wie euer Vater und ich im März geheiratet haben und ausgerechnet an diesem Tag – es war, wie ihr wisst, der 24. – ein großer Schneesturm kam, sodass alle zu spät in die Kirche kamen und …«

Johnny und Aurelia hören Mama missbilligend zu. »Hast du da nicht ein bisschen viel Familiäres ausgeplaudert?«, unterbricht Johnny sie.

Mama stockt einen Moment. »Meinst du? Jetzt, wo du es sagst … Es waren schon sehr viele persönliche Fragen! Aber seit wann hast du dich denn da so?«

Johnny verdreht die Augen. An und für sich hätte er nicht einmal etwas dagegen, wenn Mama alle Familiengeheimnisse in die Zeitung setzen würde. Dass sie aber so vertraulich mit diesem Hugo Kloppmann spricht, passt ihm gar nicht! Johnny fällt spontan niemand ein, den er unsympathischer findet.

»Hast du von Hugo, ich meine Herrn Kloppmann, eine Adresse oder Telefonnummer?«, fragt Aurelia schließlich. »Wir würden ihm gerne noch ein paar Fragen zu der Alarmanlage stellen.«

»Kommt gar nicht infrage!«, ruft Mama. »Ihr könnt doch nicht einfach fremde Leute belästigen. Was soll er denn denken? Etwa, dass ihr ihn verdächtigt? Das lasst mal schön bleiben!«

»Ja, aber wir verstehen nicht, wie der Einbrecher es geschafft hat, die Zahlenkombination für die Alarmanlage zu knacken«, versucht Aurelia noch einmal, die Dringlichkeit ihres Anliegens zu erklären.

Aber Mama steht bereits vom Tisch auf und beginnt die Geschirrspülmaschine einzuräumen. Es ist deutlich, dass sie keine Lust hat, weiter über das Thema zu reden.

»Kennt denn Herr Kloppmann unsere Zahlenkombination?«, fragt Johnny frei heraus.

Mama dreht sich empört um. »Natürlich nicht!«, ruft sie. »Die kennt nicht mal der Monteur. Das wäre ja verrückt! Die stellt man erst ein, nachdem alles installiert ist.«

»Okay, okay!«, sagt Johnny. »Schon gut, wir fragen nicht mehr.« Er will Mama jetzt nicht weiter nerven, zumal er sich sicher ist, Hugo Kloppmanns Adresse auch auf anderem Weg herauszufinden. Und tatsächlich reicht ein Blick auf die große Pinnwand im Flur, auf die Mama und Papa Einkaufslisten, Arzttermine, Postkarten von Freunden und vieles andere mehr gepinnt haben.

Dort hängt auch eine Visitenkarte. »Hugo Kloppmann. Alarmsysteme. Sicherheit in Wuppenhausen«, steht darauf, sowie eine Telefonnummer und eine Adresse etwas außerhalb der Stadt. Für Aurelia und Johnny ist völlig klar, dass sie gleich nach der Schule dorthin fahren werden.

Da Johnny noch an seinem Film arbeitet, verabreden sie sich für den Nachmittag direkt an der Bushaltestelle. Johnny ist als Erstes dort und reagiert erst überrascht, als Aurelia mit Fipsi an der Leine erscheint. Doch obwohl der Hund auch ein ziemlicher Klotz am Bein sein kann, ist Johnny letztlich froh, ihn zur Abschreckung dabeizuhaben. Denn Herr Kloppmann wird ja kaum wissen, wie wenig Fipsi als Beschützer taugt.

Die Fahrt aus der Stadt dauert etwa zwanzig Minuten. Von der Bushaltestelle zu Herrn Kloppmanns Adresse sind es noch fünf Minuten zu Fuß eine ländliche Straße entlang. Als sie sein Haus erreichen, dämmert es bereits. Trotzdem kann Johnny ganz gut erkennen, dass hinter dem einfachen kleinen Einfamilienhaus noch ein großer Hof liegt, der mit allerhand Gerümpel vollgestellt ist. Auf dem Hof befindet sich auch eine niedrige Lagerhalle mit einem flachen Dach aus Teerpappe. Vielleicht die Werkstatt, denkt Jonny. Als sie näher treten, flattern ein paar Hühner auf und flüchten empört zurück in ihr Gehege. Fipsi reagiert auf das Geflatter mit Begeisterung. Mit ungeahnter Kraft zerrt er an der Leine und kläfft den Hühnern hinterher.

Im nächsten Moment geht das Licht am Eingang des Hauses an. Herr Kloppmann tritt vor die Tür und schaut sich suchend um. Sein grimmiger Blick bleibt an Johnny und Aurelia hängen, die in ihrer Bewegung vor Schreck erstarren.

Aurelia ist die Erste, die sich wieder fasst. »Entschuldigen Sie!«, ruft sie. »Wir hätten da noch ein paar Fragen an Sie, wenn es recht ist …«

Erst jetzt scheint Herr Kloppmann die Kinder zu erkennen. Er zieht eine abwehrende Grimasse, zwingt sich dann aber sichtlich zur Höflichkeit.

»Ah, die Webermann-Kinder«, ruft er und verlässt das Haus, um ihnen entgegenzugehen. »Aber wie schon gesagt, ich kann euch nicht helfen. Schicken euch eure Eltern?«

»Nein«, erwidert Johnny sofort.

Zum Glück hat sich jetzt wenigstens Fipsi beruhigt und bellt nicht mehr. Hechelnd schaut er Richtung Hühnerstall.

»Falls eure Eltern nämlich Schadensanspruch anmelden wollen, muss ich sie enttäuschen«, sagt Herr Kloppmann. Er steht nun direkt vor Johnny und Aurelia. »Das ist alles im Kaufvertrag geregelt, dass ich keine Haftung übernehme, falls doch eingebrochen wird.«

»Nein, nein«, ruft Johnny. Ihm geht gerade ein Licht auf, warum Herr Kloppmann so abweisend ist. Er hat Angst, für den Schaden aufkommen zu müssen!

»Wir wollen doch nur dem Einbrecher auf die Schliche kommen«, erklärt Aurelia die Sachlage.

Herr Kloppmanns verzerrtes Gesicht entspannt sich ein bisschen. Fast sieht es so aus, als würde er lächeln.

»Wir haben schon ganz viel rausgefunden«, ergänzt Johnny. »Wir wissen, welche Schuhe der Einbrecher trägt, wie sein Vorgehen ist und dass er gerne nascht! Aber wir wissen nicht, wie er die Zahlenkombination geknackt hat.«

»Wie gesagt, Kinder, da kann ich euch auch nicht helfen«, wiederholt Herr Kloppmann und wendet sich zum Gehen. »Aber ich wünsche euch noch viel Erfolg.«

Kann Herr Kloppmann von der Liste der Verdächtigen gestrichen werden?

21. Dezember

Am nächsten Morgen wacht Johnny sehr ernüchtert auf. Er weiß nicht mehr, was er von Hugo Kloppmann halten soll. Eigentlich würde er ihn nur zu gerne weiterhin verdächtigen. Schließlich ist es kurz vor Weihnachten und Aurelia reist bald ab. Wenn sie jetzt nicht mal mehr einen Hauptverdächtigen haben, können sie ihre Ermittlungen gleich sein lassen! Aber der Verdacht gegen Hugo Kloppmann hat sich leider nicht erhärtet, muss sich Johnny eingestehen. Im Gegenteil. Johnny kann gut nachvollziehen, dass Herr Kloppmann ihnen nur aus dem Weg gegangen ist, weil er fürchtete, für den Einbruchschaden verantwortlich gemacht zu werden.

Auch der Gedanke an Harry Erbs, den er mit so großer Begeisterung verdächtigt hat, scheint Johnny nun kein so idealer Kandidat mehr.

Aurelia ist ebenso enttäuscht vom Gang der Dinge. »Ich hätte gestern noch schwören können, dass mit diesem Hugo etwas faul ist. Aber jetzt?«, gesteht sie Johnny beim Frühstück.

Johnny guckt unschlüssig. »Trotzdem … ganz abschreiben würde ich ihn auch nicht. Aber ich weiß nicht, ob ich das nur sage, weil ich ihn nicht leiden kann.«

»So geht es mir auch«, gesteht Aurelia.

»Aber was sollen wir jetzt als Nächstes machen?«, fragt Johnny.

Doch auch Aurelia weiß keine Antwort. »Ich muss nachdenken. Lass uns das nach der Schule besprechen«, sagt sie. Das ist Johnny ganz recht. Denn er muss sich heute voll auf seinen Film konzentrieren. Da heute der vorletzte Schultag vor den Ferien ist, muss er sich beeilen. Er will lieber heute fertig werden, um seinen Beitrag etwas früher einzureichen.

Mit seinem Ergebnis ist Johnny aber sehr zufrieden. Für die musikalische Untermalung hat er ein schönes Weihnachtslied ausgewählt. Die verschiedenen Wuppenhauser

Weihnachtsszenen ergeben ein gelungenes und rundes Bild der Stadt.

Auch Johnnys Klassenkameraden legen für ihre Arbeiten Überstunden ein. Als Johnny sich nach der siebenten Stunde erschöpft auf den Weg zum Rathausplatz macht, hört er aus der Aula noch Geräusche dringen.

Nachdem Johnny seinen Film eingereicht hat, schlägt er umgehend den Heimweg ein. Er ist gespannt, was Aurelia sich überlegt hat.

Doch zu Hause stellt Johnny überrascht fest, dass seine Cousine nicht da ist. Statt eines Mittagessens findet er auf dem Küchentisch nur einen Zettel. »Komm sofort ins Naschkätzchen!!!!!!«, steht darauf. Die vielen Ausrufezeichen versetzen Johnny augenblicklich in Alarmbereitschaft. Ohne Zeit zu verlieren, läuft er los. Als er atemlos das Geschäft betritt, findet er Aurelia in Tränen aufgelöst. »Fipsi ist weg!«, jammert sie.

Mama ist käseweiß im Gesicht. Sie streichelt Aurelia über die Schultern und versucht, sie zu trösten. »Ich kann mir das gar nicht erklären«, sagt sie. »Ich war nur kurz im Supermarkt, um einzukaufen. Fipsi habe ich vorne am Eingang angeleint, weil Hunde nicht mit ins Geschäft dürfen. Als ich wenige Minuten später rauskam, war er weg!«

Johnny weiß im ersten Moment nicht, was er sagen soll. Doch dann fallen ihm gleich zig Fragen ein: »Hat Fipsi sich losgerissen? Oder wurde er geklaut? Ist die Leine noch da? Hat jemand etwas gesehen?«

Aurelia wischt sich mit dem Handrücken die Tränen aus den Augen: »Fipsi ist auf keinen Fall weggelaufen«, erklärt sie entschieden.

»Ja, das glaube ich auch!«, bestätigt Johnny nach kurzem Nachdenken. »Aber wir sollten – egal, was passiert ist – sofort nach ihm suchen, Zettel aufhängen, Leute fragen …«

Gesucht

Gesucht

Aurelia sieht Johnny dankbar an. Dass Johnny praktische Vorschläge macht, tut ihr sichtlich gut. Gemeinsam mit Mama machen sie sich daran, einen Steckbrief zu schreiben. »Hund gesucht«, lautet die Überschrift über dem Foto von Fipsi. Weiter unten folgen zusätzlich noch eine genaue Beschreibung und Aurelias Telefonnummer.

Dann laufen die Kinder zum benachbarten Schreibwarenladen, um den Zettel fünfzig Mal zu fotokopieren. Anschließend tapezieren sie die ganze Stadt mit ihrem Hilferuf.

Als sie damit fertig sind, gehen sie nach Hause. Doch Johnny kann keine Sekunde still sitzen. Er wandert unentwegt in der Wohnung auf und ab, während Aurelia in sich zusammengesunken auf dem Sofa hockt und ihre Fingernägel anstarrt.

Doch niemand ruft an. Nicht am Nachmittag, nicht am frühen Abend. Auch nicht als Papa, Paulchen und Mama längst zu Hause sind und sich der Tag dem Ende zu neigt.

Bis auf Paulchen, der bald ins Bett muss, wartet die ganze Familie bis in den späten Abend im Wohnzimmer gemeinsam auf Nachricht. Niemand sagt ein Wort. Denn jeder ist in Gedanken bei Fipsi. Da hört Mama plötzlich ein Geräusch im Flur.

Sofort springt sie auf, um nachzusehen. Doch als sie ins Wohnzimmer zurückkehrt, hält sie lediglich einen Briefumschlag in der Hand. »Der ist gerade durchgeschoben worden«, sagt sie zur Erklärung.

Dann nestelt sie den Umschlag auf und zieht einen Zettel hervor. Mamas Augen weiten sich, als sie ihn liest. »Das gibt es doch gar nicht!«, ruft sie und reicht den Zettel an Papa weiter. Er wirft einen kurzen Blick darauf und zeigt ihn Johnny und Aurelia. Der Brief besteht aus ausgeschnittenen Zeitungsbuchstaben, die zu neuen Worten zusammengesetzt sind.

»STELLEN SIE DIE ERMITTLUNGEN EIN. SONST WERDEN SIE IHRE TÖLE NIE WIEDERSEHEN!«, liest Johnny vor.

Aurelia sieht Johnny erschrocken an.

»Was denn für Ermittlungen?«, will Papa wissen.

»Wir …« beginnt Johnny unsicher. »Wir haben doch nur …«

Aber Papa begreift und unterbricht ihn augenblicklich. »Ihr habt den Einbrechern hinterhergeschnüffelt? Ja, was glaubt ihr, wofür die Polizei da ist?« Papas starrt fassungslos erst Johnny und dann Aurelia an. Er wird richtig blass. »Ihr seid doch noch viel zu jung! Das ist doch wahnsinnig gefährlich! Da sind Profis am Werk! Nicht mal die Polizei …« Papa weiß nicht mehr, was er sagen soll. »Corinna, was sagst du denn dazu?«, wendet er sich luftschnappend an Mama.

Aber Mama macht nur eine abwehrende Geste mit der Hand. Da schaltet sich Aurelia ein: »Wir haben fast überhaupt nichts gemacht, wirklich! Wir haben nur ein bisschen rumgefragt!«

»Aber immerhin so viel, dass jetzt deswegen Fipsi entführt worden ist!«, fasst Papa zusammen. Johnny und Aurelia sehen sich schuldbewusst, aber auch überrascht an. Denn Papa hat Recht. Offenbar waren sie mit ihren Ermittlungen doch erfolgreicher, als sie dachten. Sonst würde der Einbrecher nicht zu solchen Maßnahmen greifen!

Aber Papa will nicht mehr diskutieren. Er spricht ein Machtwort und schickt Johnny und Aurelia sofort ins Bett. Doch bevor Johnny in sein Zimmer verschwindet, mahnt ihn Papa noch einmal: »Ab morgen keine Ermittlungen mehr, okay?«

Johnny nickt traurig. Doch als er in seinem Zelt liegt, wälzt er sich schlaflos von einer Seite zur anderen. Ihn beschäftigt nur noch eine Frage: Wer hat Fipsi entführt?

Wer ist der gemeine Hundeentführer?

22. Dezember

In der Nacht ist Johnny eine sensationelle Erkenntnis gekommen. Endlich sieht er klar. Am liebsten würde er am Morgen mit Aurelia sofort alles genau besprechen. Doch erst auf dem Schulweg ist es so weit.

»Ich habe nachgedacht«, platzt es aus Johnny heraus. »Die Einzigen, die wissen, dass wir dem Einbrecher auf der Spur sind, sind Mama, Papa, Herr Schulz –«

»Und Herr Kloppmann!«, ergänzt Aurelia seinen Satz. »Das ist mir auch klar geworden! Er hat sicher Fipsi entführt, weil wir ihm auf die Schliche gekommen sind.«

»Aber was sollen wir jetzt tun?«, fragt Johnny ratlos. Doch Aurelia hat bereits einen Plan. »Wir müssen ganz klar noch einmal zu ihm gehen«, sagt sie.

»Ach, der wird uns doch was husten …«, wirft Johnny ein.

»Nein, denn er wird gar nicht zu Hause sein«, erwidert Aurelia. »Denn heute ist das Bowlingturnier!«

Johnny muss an Papa denken, der ihnen weitere Ermittlungen verboten hat. Trotzdem willigt er ein. Er nimmt Aurelia das Versprechen ab, dass sie sofort die Polizei rufen, wenn sich ihr Verdacht bestätigen sollte.

Am Nachmittag brechen sie zu Hause auf. Aurelia achtet darauf, auf keinen Fall ihr Handy zu vergessen. Johnny packt für alle Fälle seine Kamera ein.

Als sie nach der Busfahrt und dem kurzen Fußweg Herrn Kloppmanns Haus erreichen, ist es bereits stockfinster. Nur die Sterne funkeln am Himmel. Nirgendwo brennt Licht.

»Du hast Recht«, flüstert Johnny. »Er ist beim Bowling.«

Aurelia holt ihre Taschenlampe aus der Tasche. Der Strahl reicht keine zwei Meter, bevor er von der Finsternis verschluckt wird. Vorsichtig tasten sich die Kinder vor bis zur Haustür, neben der sich ein kleines Fenster befindet. Johnny späht hindurch. »Da ist nichts«, sagt er schließlich.

»Mich würde auch mehr interessieren, was in dem Gebäude da drüben ist«, sagt Aurelia und läuft auf leisen Sohlen zur Lagerhalle. Johnny folgt ihr. Um sie herum ist alles gespenstisch still. Dann hören sie Gebell. Es ist nur ganz kurz zu hören. Aber Johnny und Aurelia sind sicher, dass es aus der Lagerhalle kommt. Und es stammt eindeutig von Fipsi!

Im nächsten Moment ist alles wieder still. Johnny überlegt, ob jetzt nicht der beste Zeitpunkt ist, um anzurufen und Hilfe zu holen. Aber Aurelia macht nicht den Eindruck, als würde sie bei der Rettung ihres Hundes noch eine Sekunde Zeit verschwenden wollen.

»Fipsi! Fipsi, ich bin hier, wir holen dich«, ruft sie und rüttelt energisch an der verschlossenen Tür. Auch Johnny verspürt den dringenden Wunsch, Fipsi sofort zu befreien. Er tritt einen Schritt von der Lagerhalle zurück und sieht sich um. »Auf dem Dach ist eine offene Luke. Da müssen wir hoch«, entscheidet er. »Wie in dem Film. Da haben die sich auch über das Dach abgeseilt.«

Aurelia zögert keinen Augenblick. »Gut, stell die Mülltonne an die Wand, damit wir raufklettern können, schließlich ist es ein Flachdach und nicht besonders hoch, das schaffen wir. Ich suche ein Seil oder so was.«

Dann macht sie sich auf, das herumstehende Gerümpel zu untersuchen. Statt eines Seils findet sie einen alten Gartenschlauch. Johnny hat mittlerweile das Dach erklommen. Aurelia steigt ihm nach und befestigt den Gartenschlauch so fest es geht an der Luke, während Johnny mit der Taschenlampe in die Tiefe leuchtet. Aber da ist nur undurchdringliche Dunkelheit.

Entschlossen lässt er sich als Erster herab. Schon nach kaum mehr als einem Meter berührt er Grund. Als Johnny jedoch das Seil loslässt, finden seine Füße keinen Halt. Er rutscht auf irgendeiner Art Geröll noch einen Meter tiefer hinab.

Nun gleitet auch Aurelia durch die Luke, doch gerade als sie mit ihrem ganzen Gewicht an dem Wasserschlauch hängt, reißt er. Auch sie landet auf dem Geröll und kommt ins Rutschen. Als Johnny die Taschenlampe anschaltet, erkennt er, dass sie sich am Fuße eines Kohleberges befinden.

»Der Schlauch ist gerissen«, sagt Aurelia.

Johnny nickt. »Bestimmt finden wir einen anderen Weg raus«, tröstet er Aurelia und leuchtet mit der Taschenlampe durch den Raum. »Lass uns erst Fipsi finden.«

In diesem Moment hören sie ein leises Winseln. Es klingt ganz nah! Johnny springt auf.

Doch Aurelia hält ihn zurück. »Was ist, wenn hier eine Alarmanlage installiert ist?«

Daran hatte Johnny überhaupt nicht gedacht!

»Wenn es eine ist, die auf unsere Körperwärme reagiert, wäre der Alarm schon losgegangen«, gibt er zu bedenken.

»Aber vielleicht sind es ja die Infrarotstrahlen«, überlegt Aurelia. Sie kramt in ihrer Handtasche und zieht ihr Parfum hervor.

»Was willst du denn damit?«, fragt Johnny. »Das ist doch wirklich nicht der richtige Moment …«

»Erinnerst du dich nicht? Man kann die Strahlen in der Dunkelheit doch mit einer Sprühflasche sichtbar machen!«, sagt Aurelia. Erstaunlich, dass dieser schreckliche Geruch doch noch einmal für etwas gut ist!, denkt Johnny.

Aurelia beginnt, das Parfum sorgfältig nach allein Seiten zu verspritzen. Für einen Moment leuchtet in der Dunkelheit vor ihnen ein roter Lichtstrahl auf.

Johnny erschrickt. Doch Aurelia zieht ihn mit sich, fort von der Lichtschranke in Richtung Fipsi.

Johnny schaltet die Taschenlampe wieder ein. Zu ihrer Überraschung stellen sie fest, dass sie direkt vor einem Tisch stehen, auf dem eine übergroße Holzplatte befestigt ist. Auf der Platte befindet sich eine fantastische Stadtansicht, ein maßstabsgetreues gold glänzendes Modell Wuppenhausens – gebaut aus Hunderttausenden von Streichhölzern.

»Das ist also Hugos Weihnachtsprojekt«, staunt Johnny. »Da hat sich aber jemand wirklich Mühe gemacht.«

Aber Aurelia fällt noch etwas anderes auf. »Guck doch mal, hier liegt überall Blattgold. Der Kloppmann hat das alles auch noch vergoldet! Das muss ein Vermögen gekostet haben. Kein Wunder, dass er den Schuppen gesichert hat.«

Johnny betrachtet fasziniert die prunkvoll glänzende Stadt. »Dann wissen wir wenigstens, für was er das ganze Geld von den Einbrüchen gebraucht hat«, sagt er.

Im nächsten Moment hören sie ganz in ihrer Nähe Fipsis Winseln. Aurelia geht auf die Knie und schaut unter den Tisch. Da ist er! Hugo Kloppmann hat ihn in eine Transportkiste gesperrt! Augenblicklich wird er von Johnny und Aurelia befreit. Der kleine Hund kuschelt sich in Aurelias Arme, die vor Glück ungehemmt schluchzt.

»Jetzt wird es aber Zeit, die Polizei zu rufen«, entscheidet Johnny und wischt sich mit dem Handrücken über das Gesicht.

Aurelia nickt und zückt ihr Handy. Doch sie bekommt in der Halle keinen Empfang. Kreidebleich starren Johnny und Aurelia auf den nicht vorhandenen Netzbalken.

»Auch das noch!«, entfährt es Johnny, als im nächsten Moment ein Motorengeräusch näher kommt. Hugo Kloppmann ist zurück! Es ist deutlich zu hören, wie er die Autotür zuwirft, mit schwerem Schritt zu seinem Haus geht und die Tür aufschließt. Aurelia und Johnny schauen sich an. Dann ziehen sie sich mit rasendem Herzschlag unter die Tischplatte zurück.

Wie könnten Johnny und Aurelia Hilfe rufen?

23.
Dezember

Es war eine fürchterliche angstvolle Nacht, in der Johnny und Aurelia nur wenig geschlafen haben. Sie mussten sogar Fipsi wieder in die Kiste stecken, damit er nicht aus Versehen durch die Lichtschranke lief, wenn sie mal einnickten. Johnny musste die ganze Zeit an seine Eltern denken und daran, welche Sorgen er ihnen gerade bereitete.

Jetzt am Morgen denkt Johnny allerdings in erster Linie an Hugo Kloppmann. Schließlich ist es nur eine Frage der Zeit, bis er in die Lagerhalle kommen wird, um seine Wuppenhauser Goldstadt zum Rathaus zu bringen.

Johnny ist klar, dass sie fliehen müssen. Die Halle wird mittlerweile von einer matten Morgensonne ein wenig erhellt. Sie dringt durch ein vergittertes Fenster direkt über ihm. Vorsichtig steht Johnny auf, um mit einem Finger am Gitter zu rütteln. Im selben Moment prasselt ein Regen aus Rost herab. Das Gitter wird an einer Seite nur noch von einer mürben Schraube gehalten. Johnny reckt sich, um mit den Fingern an ihr zu drehen. Sie bewegt sich. Johnny dreht und dreht, bis er sie ganz herausziehen kann. Dann probiert er es mit den drei Schrauben in den anderen Ecken. Doch sie sitzen bombenfest. Trotzdem lässt sich das Gitter ein wenig zur Seite biegen.

Aurelia, die sich verschlafen die Augen reibt, beobachtet Johnnys Bemühungen. »Passen wir da durch?«, fragt sie hoffnungsvoll.

Johnny schüttelt den Kopf. »Eher nicht«, sagt er und schaut sich um, ob er etwas findet, mit dem er das Gitter aufstemmen kann. Da fällt sein Blick auf Fipsi. Johnny hat eine Idee. »Okay, ich weiß, wie es gehen könnte.«

»Was meinst du?«, fragt Aurelia.

»Fipsi muss uns retten. Er passt durch das Gitter!«, antwortet Johnny. »Wir geben ihm eine Nachricht mit. Hast du Papier und Stift?«

Aurelia schüttelt den Kopf.

»Gut, dann nehmen wir eben eine Nachricht auf Band auf«, sagt Johnny und holt seine Kamera aus dem Rucksack.

»Aber glaubst du, dass Fipsi den Weg nach Hause auch findet?«, fragt Aurelia.

Johnny seufzt. »Ich weiß nicht. Einerseits ist er ein Jagdhund. Auf der anderen Seite ... ist er aber auch – Fipsi ...«

»Wir probieren es«, entscheidet Aurelia und rückt ganz nah an Johnny heran.

Johnny dreht die Kamera so, dass er und Aurelia direkt hineinsprechen können. Dann drückt er auf Aufnahme und startet seinen Hilferuf: »Mama! Papa! Ihr müsst uns helfen. Wir sitzen bei Herrn Kloppmann in der Lagerhalle und sind gefangen! Herr Kloppmann ist der Einbrecher. Er hat auch Fipsi entführt. Wir brauchen dringend Hilfe!«

»Kommt so schnell ihr könnt«, fügt Aurelia flehend hinzu.

Dann schaltet Johnny die Kamera aus und holt die Kassette heraus. Aurelia löst ihren Pferdeschwanz und reicht Johnny das rosa Haarband, mit dem er die Kassette fest an Fipsis Halsband knotet.

Dann biegen sie mit all ihrer Kraft das Gitter zur Seite. Und ja! Es geht! Fipsi passt mit etwas Mühe tatsächlich durch den Spalt! Der kleine Hund landet sicher auf dem Boden und verschwindet schwanzwedelnd im Morgengrauen.

»Lauf, kleiner Fipsi, lauf!«, ruft Johnny ihm leise hinterher.

»Aber nicht nur bis zum nächsten Futternapf«, murmelt Aurelia und klingt ziemlich hoffnungslos.

»Es wird schon klappen«, versucht Johnny Aurelia Mut zu machen. Dann kriechen sie so tief es geht wieder unter die Tischplatte. Ihnen bleibt jetzt nur Hoffen und Warten.

Es müssen wohl einige Stunden vergangen sein, als sich Schritte nähern. Johnnys Herz beginnt zu rasen.

Für einen Moment glaubt er an Rettung. Doch als er den Schlüssel im Türschloss hört, sinkt ihm der Mut. Und wirklich: Es ist Hugo Kloppmann, der im Türrahmen erscheint.

Johnny kann sehen, wie er die Halle betritt und als Erstes die Alarmanlage deaktiviert. Dann knipst er das grelle Deckenlicht an. Johnny und Aurelia ducken sich noch ein Stück tiefer unter den Tisch. Johnny wagt es kaum aufzublicken. Da entdeckt er mit Schrecken seine und Aurelias Spuren auf dem Fußboden. Sie führen vom Kohleberg zum Tisch.

Auch Hugo Kloppmann hat die verräterischen Kohleabdrücke entdeckt! Erschrocken bückt er sich und guckt unter den Tisch.

»Was soll das denn hier werden?«, donnert er los, als er die Kinder sieht.

»Das können wir Sie genauso fragen!«, ruft Aurelia und versucht, ihre Tränen zu unterdrücken. »Einfach unseren Hund zu entführen!«

»Und ins Naschkätzchen einzubrechen!«, fügt Johnny hinzu. »Und in den Blumenladen! Ins Teegeschäft und sonst wo überall …«

Als Herr Kloppmann begreift, dass Johnny und Aurelia alles wissen, erfasst ihn rasende Wut. Er geht auf die Knie und versucht, auf allen vieren Johnny und Aurelia unter dem Tisch hervorzuzerren.

»Aber warum machen Sie denn das alles nur?«, ruft Johnny, während er Hugo Kloppmanns Griffen ausweicht.

Herr Kloppmann hält kurz inne. »Ihr wisst ja nicht, wie das ist«, ruft er bitter. »Immer werd ich nur Zweiter, egal, worum es geht! Einmal will ich der Sieger sein. Und ich hatte diese tolle Idee, nur das Projekt wurde teurer und teurer, ich brauchte Geld! Dabei wollte ich doch nur mal in der Zeitung stehen!«

»In die Zeitung werden Sie ja jetzt wohl auch kommen«, erwidert Aurelia scharf.

»Bloß, um zu gewinnen, kann man doch nicht Leute beklauen und denen das Weihnachtsfest kaputt machen!«, fügt Johnny wütend hinzu.

»Mein Plan war perfekt – bis ihr kamt!«, schimpft Herr Kloppmann und beginnt wieder nach den Kindern zu grapschen. Diesmal bekommt er Aurelias Knöchel zu fassen. So sehr sie auch strampelt, langsam aber stetig wird sie von Herrn Kloppmann hervorgezerrt. Johnny kommt Aurelia zu Hilfe. Mit aller Kraft beißt er Herrn Kloppmann in die Hand. Doch dieser lässt nicht los, sondern zieht nun Johnny schmerzhaft an den Haaren.

Da nähert sich von draußen das Geheul einer Sirene. Es ist ein Polizeiwagen! Wenige Augenblicke später hält er mit quietschenden Reifen vor der Lagerhalle. Schon stürmt Polizeiwachtmeister Schulz in die Halle.

»Finger weg von den Kindern!«, ruft er. Herr Kloppmann springt erschrocken auf. Seine Augen funkeln wild. Panisch macht er erst einen Schritt nach rechts, dann dreht er sich nach links auf der Suche nach einem Fluchtweg.

»Gib auf, Hugo!«, ruft Herr Schulz.

Da begreift Herr Kloppmann, dass das Spiel für in zu Ende ist. Langsam hebt er die Hände in die Höhe. Erleichtert krabbeln die Kinder unter dem Tisch hervor. Im nächsten Moment sind auch schon Mama und Papa bei ihnen.

Johnny und Aurelia sind in Sicherheit.

Ende gut, alles gut?

24.
Dezember

Am Morgen des 24. Dezember erwacht Johnny spät. Für einen Augenblick kommt es ihm so vor, als hätte er alles nur geträumt. Doch dann fällt ihm alles wieder ein, auch was seine Eltern ihm erzählt haben …

Dass Fipsi sich gegen jede Erwartung als echter Jagdhund erwiesen und ihre Nachricht in Windeseile nach Hause getragen hatte. Und seine Eltern waren, nachdem sie die Polizei benachrichtigt hatten, sofort zur Lagerhalle gefahren und heilfroh, die Kinder gesund und munter in ihre Arme zu schließen.

Als Johnny in die Küche geht, ist ihm allerdings ein wenig bang. Denn er weiß, dass Papa eigentlich böse mit ihnen sein muss, weil sie sich nicht an seine Anweisungen gehalten haben. Steht ihm jetzt die fällige Strafpredigt bevor?

Zu seiner Überraschung empfangen ihn Mama, Papa und Paulchen aber mit strahlenden Gesichtern.

»Komm her, mein Großer«, ruft Papa und nimmt Johnny in die Arme. »Stell dir vor, Herr Schulz hat gerade angerufen! Da der Einbrecher gefasst ist, bekommen wir auch das gestohlene Geld wieder!«

»Unserer Reise steht also nichts mehr im Wege«, ergänzt Mama. Da strahlt auch Johnny von einem Ohr zum anderen.

»Hugo Kloppmann sitzt jetzt hinter Gittern und hat alles gestanden«, erzählt Mama. »Auch alle anderen Opfer bekommen ihr Geld zurück. Das ist doch mal ein richtig tolles Weihnachten!«

»Ich freu mich so!«, ruft Johnny. »Aber wo ist denn Aurelia?«

»Aurelia ist zum Bahnhof«, sagt Mama.

Johnny wird ganz blass. Hat er sich gerade verhört? »Wie? Ohne sich zu verabschieden?«, fragt er fassungslos.

Aber Papa beruhigt ihn sofort. »Nein! Nicht, was du denkst! Sie ist Tante Evi abholen gegangen. Ihre Mutter hat sich gestern noch in den Zug gesetzt, um zu kommen!«

Johnny fällt augenblicklich ein Stein vom Herzen. Im nächsten Moment klingelt es auch schon an der Tür. Aber es ist nicht Aurelia mit ihrer Mutter, sondern Herr Brehm. Er hält einen großen Karton in den Händen. »Das möchte ich für Sie abgeben«, sagt er. »Ein wenig Tee als kleinen Dank.«

Johnny weiß gar nicht, was er sagen soll. Zu seiner Überraschung erscheint im nächsten Moment auch die freundliche Blumenverkäuferin in der Einfahrt. Sie hat einen prächtigen Weihnachtsbaum im Schlepp. »Frohe Weihnachten!«, ruft sie. »Und einen herzlichen Dank!«

Papa springt ihr sofort zu Hilfe. »Aber das ist doch nicht nötig!«, ruft er. Johnny fühlt sich ganz verlegen. Aber die Blumenverkäuferin bemerkt es nicht und umarmt ihn überschwänglich.

Freudig bitten Mama und Papa die Gäste herein zum Kaffee. Während sie dort sitzen, klingelt auch noch die Buchhändlerin. Sie bringt einen Karton mit Büchern.

Die Küche ist entsprechend rappelvoll, als Aurelia mit ihrer Mutter erscheint. Tante Evi kann noch nicht richtig laufen und muss sich auf Krücken stützen. Aber sie ist bester Laune. »Wie schön, mit euch Weihnachten zu feiern!«, ruft sie. Hinter ihr kommt auch Fipsi in die Küche gelaufen. Johnny kniet sich hin, um ihn ausführlich zu herzen. »Hier kommt unser Retter«, ruft er.

»Ich habe noch eine wichtige Frage«, meldet sich da Aurelia zu Wort. »Woher kannte Hugo Kloppmann eigentlich die Geheimzahlen für die Alarmanlage?«

Im selben Moment wird es ganz still im Raum. Alle Gäste schweigen betreten. Mama wird sogar knallrot im Gesicht. »Ja, weißt du, wir alle haben uns ja von Herrn Kloppmann die Alarmanlage installieren lassen«, sagt sie. »Und während er die Anlage einbaute, haben wir uns gut unterhalten …«

»Da haben wir wohl etwas zu viel geplaudert«, erklärt Herr Brehm.

»Ich habe ihm versehentlich alles erzählt, was er wissen musste, um die Zahl zu erraten«, gesteht Mama.

»Wie das?«, wundert sich Johnny.

»Weißt du, die meisten Leute wählen für ihre Geheimnummer Zahlen, die sie sich leicht merken können. Zum Beispiel Geburtstage«, erklärt Mama.

»Oder Hochzeitstage«, ergänzt die Blumenverkäuferin.

»Und wenn jemand viel über dich weiß, kann er deine Geheimzahl mit etwas Glück ganz leicht erraten«, sagt Papa.

»Bei mir war es aber ein bisschen anders«, meldet sich die Buchverkäuferin. »Ich habe gar nicht viel erzählt an dem Tag, als er die Anlage eingebaut hat. Aber am nächsten Tag hatte ich ein Preisausschreiben von Herrn Kloppmanns Firma im Briefkasten. Mit hundertprozentiger Gewinngarantie! Man musste nur ganz viele persönliche Fragen beantworten …«

»Das gibt's doch nicht!«, ruft Johnny. »Wie hinterhältig!«

»Also in Zukunft müssen wir da alle viel vorsichtiger sein«, sagt Papa. Alle stimmen ihm lautstark zu und geloben Besserung.

»Und wer hat jetzt eigentlich den Wettbewerb gewonnen?«, will Aurelia wissen.

»Genau, der Wettbewerb!«, ruft Johnny und läuft los, um die Zeitung aus dem Briefkasten zu holen. Neugierig scharren sich alle um ihn. Doch Johnny wird enttäuscht. Er ist nicht der Sieger. Auf der Titelseite ist ein großes Foto von Lisa-Marie und Friedrich gemeinsam mit der Sockenstrickgruppe.

»Oh, wie schade!«, ruft Aurelia.

Aber Johnny hat sich schon wieder gefasst. »Ist okay«, sagt er. »Sie haben es wirklich verdient. Die Idee war super. Und man muss ja nicht immer gewinnen.«

Mama und Papa strahlen Johnny stolz an. »Das hast du schön gesagt«, sagt Mama.

»Wusste gar nicht, dass ich einen so klugen Sohn habe«, schmunzelt Papa und nimmt Johnny liebevoll in den Arm. Auch die Gäste in der Küche sind ganz gerührt.

Aber die Überraschungen haben noch kein Ende. Johnny überreicht nämlich Aurelia noch einen Brief, der ebenfalls im Briefkasten steckte. Verwundert öffnet sie den Umschlag. Es ist ein Brief von Leo! Er hat ihr ein Gedicht geschickt.

Aurelia liest vor:

»Liebe Aurelia,
Dein Besuch in Wuppenhausen
endet leider heut,
kannst gern mal wieder hersausen,
es hat mich sehr gefreut.«

Johnny muss lächeln, als er sieht, wie Aurelia rot anläuft. Ihre Gesichtsfarbe passt nun zu ihrem rosa Pullunder. Doch dann sagt er traurig: »Ich werde dich aber auch sehr vermissen.«

»Ja, ich dich auch«, sagt Aurelia und senkt den Kopf. »Ich will morgen eigentlich gar nicht zurück.«

Da meldet sich Tante Evi. »Müssen wir doch auch gar nicht!«, ruft sie. »Wir fahren einfach mit in den Urlaub! Ich muss ja noch meinen Knöchel auskurieren!«

Johnny stößt einen Freudenschrei aus. Aurelia fällt ihrer Mama in die Arme. Auch Mama, Papa und Paulchen freuen sich. Die Gäste stoßen mit ihren Kaffeetassen an. Herr Brehm ruft lachend: »So muss es sein!«

Auf ein schönes und friedliches Weihnachten –
nach diesem wirklich diebischen Advent!

Frohe
Weihnachten!

Carola Wimmer

Der verschwundene Weihnachtsengel

ca. 200 Seiten, ISBN 978-3-570-22482-3

Na endlich: Weihnachten steht vor der Tür! Laura und ihr Bruder Jakob sind schon ganz aufgeregt. Besonders, weil sie dieses Jahr beim großen Krippenspiel mit dabei sein dürfen. Aber dann ist auf einmal der kostbare, antike Weihnachtsengel aus der Krippe verschwunden. Klar, dass Laura und Jakob beschließen, dem Dieb auf die Spur zu kommen. Und so wird aus der besinnlichen Weihnachtszeit für die beiden Geschwister ein spannendes Krimiabenteuer. Ob sie es wohl noch rechtzeitig schaffen, den verschwundenen Engel bis zum Heiligen Abend aufzuspüren? Ein Adventskrimi in 24 Kapiteln – so vergeht das Warten auf den Weihnachtsmann wie im Flug!

Wolfram Hänel

Drei Engel für den Weihnachtsmann

Ein Weihnachtskrimi in 24 Kapiteln

200 Seiten ISBN 978-3-570-22094-8

Philip und seine Brüder fühlen sich am 1. Dezember schon ganz weihnachtlich, als ihre Handys klingeln. Der Anrufer behauptet, er sei der Weihnachtsmann und bräuchte etwas Hilfe. Da der Job harmlos scheint, willigen die drei ein. Doch dann werden die »Jobs« von Tag zu Tag seltsamer und die Brüder beschleicht ein schlimmer Verdacht ...

5475

cbj

www.cbj-verlag.de

Wolfram Hänel

Der große Weihnachtsklau
Ein Weihnachtskrimi in 24 Kapiteln

200 Seiten, ISBN 978-3-570-21959-1

Ist das Pony nicht süß? Gerne spenden die Leute dem Weihnachtsmann, der mit seinem struppigen Pony für den armen Zirkus sammelt, Geld. Nur Philipp und seine Brüder werden misstrauisch. Gab es doch dort, wo der Weihnachtsmann mit der Sammelbüchse klapperte, immer wieder Einbrüche. Sie setzen sich auf seine Fährte und finden bald Unglaubliches heraus.

5402

cbj

www.cbj-verlag.de